译文纪实

DAS STERNTALEREXPERIMENT

Mein Leben ohne Geld

Heidemarie Schwermer

[德] 海德玛丽·施韦尔默 著　　吴珺 译

无钱幸福

海德玛丽的不消费主义人生

上海译文出版社

目　录

第一章　学习生涯及流浪岁月

我的誓愿

两岁生日的时候，我得到了一个玩偶屋。当时的自己一定乐开了花，因为时至今日，那个小人儿在房间里欢欣雀跃、笑着拍手的场景我依然历历在目。我的两位哥哥、母亲和保姆艾拉一同兴高采烈地与小小的我分享着无尽的欢乐。当时我们住在梅梅尔[①]，父亲在那儿拥有一家咖啡烘焙坊……确切地说，是曾经拥有。而此时他早已远离家园，大人们都说他去参战了。

我沉浸在那小小的玩偶王国中，可惜欢乐的时光不过只维持了几个月。1944年的夏天，我觉察到家里被一种不安的氛围所笼罩。最初也说不清那是什么。一开始，我最钟爱的玩偶屋在阁楼里消失了；然后，家里所有的家具都蒙上了盖布。母亲和外祖母开始收拾各种家当准备远行。她们相互宽慰说，只带一些必需品就够了，因为我们不久一定还会回来的！然后马车又一次准备出发了。那原本是带我们在某些周日愉快郊游的马车啊！但这次的气氛今非昔比：母亲在哭泣，我的哥哥们也一反常态默然无语。更为不同寻常的是，街道上车马相拥，人满为患。我们排在逃亡的队伍中，从此背井离乡。

我不明白发生了什么，但我感到恐惧并开始哭泣。母亲实在顾不上我了，她忙着照顾我的小妹妹。当时妹妹已病入膏肓，尽管如此大家还是把她从医院里接了出来。没人有空管我。不到三岁的我饥寒交迫，一心想要回家，回到我温暖的小床上，回到我的毛绒玩具身边。母亲察觉到我的焦虑，试图安慰我。“嘘，小宝贝，一切都会好的！”她轻声对我耳语道。但直觉告诉我，事情根本不会好转，不会在明天，也不会在后天。之后，马车把我们带到了某个不知名的地方，我们换乘火车继续长征。火车拥挤而寒冷，令人难以忍受，逃亡之旅不仅艰辛重重还危机四伏。母亲每到一站就抓起一口大锅，冲向附近的农舍，去为她的四个孩子和老母亲讨食。这趟旅途中的每次停站对我们来说都是种折磨，因为我们不知母亲是否能及时赶回来。有一次，火车真的撇下她就开动了，我们使尽全力拼命呼喊。我不明白是因为我们绝望的高呼或者别的什么原因，火车又停了下来。这一点，我至今都没弄清楚。

有几次所有人都必须迅速下车，寻找最近的大树作庇护。空中会忽然战机密布，它们不仅向火车开火，也向人群开枪。每一次扫射都令人毛骨悚然，我们惊恐万分，因为知道就在我们身边，有些同行旅人已经横尸荒野。有时候，火车会长久地停着不动，好像一辈子那么长，没人知道它什么时候出发，或干脆还会

---

① 梅梅尔：今立陶宛西部的克莱佩达，曾属于东普鲁士，当时叫“梅梅尔”。

不会出发。

就这样走走停停，我们已经颠沛流离了几千公里，从东普鲁士一直到南德，然后又重新向北方前进。到了阿勒尔河旁的费尔登市，漫长的逃亡之旅暂时告一段落。当地居民聚集在火车站等候我们。我终于明白了自己的身份——原来我们是难民啊！不管愿不愿意，当地人都必须收留我们。许多人的确并非心甘情愿，我们能察觉到那种显而易见的冷淡。我们这些无家可归的不速之客因战争而流落此地，而他们却要因此被迫和这些不速之客共享自己的家园，对此，他们心怀怨愤。但我们很幸运，接纳我们的农民是个大善人，他和妻子对我们这些孩子疼爱有加。复活节我们可以寻找彩蛋，连续几周每个人都能吃饱喝足。母亲和祖母则帮助主人分担他们的日常工作——这就是一种和谐融洽的“交换与分享”“给予和接纳”的关系啊！在友好的气氛中，我几乎忘记了几个月前的种种痛苦。

然而，战争并未结束，母亲还在为亲戚家人担忧。后来她得知家里其余人都在石勒苏益格-荷尔斯泰因州，便决意要去那里。好心的农家想劝我们留下来，却是徒劳。我们又继续踏上了漫漫征途。后来我们也找到了亲戚，然而这回的“给予和接纳”却有所不同。连我们自己也被一家农户不情愿地收留了下来，一间陋室成了我们的全部所有。对他们来说，我们是麻烦与累赘，自己都觉得自己是多余的可怜虫。我们不得不又一次忍饥挨饿。战争接近尾声，故土终究沦陷，逃难在外的游子无法再回到家乡。同许多流离失所、饱受战争之苦的人一样，我们无论如何必须适应新的生存环境。为了缓解饥饿，大家先是在田野上收捡剩余的麦粒，后来也捡土豆，全家人还经常带着篮子和小桶在树林里寻找莓果。

收留我们的这家农户不愿与我们分享他们的所有。从主人屋里飘出来的食物香味无孔不入地钻入我们的小屋，馋得我们直流口水，可惜并不能令我们望梅止渴。我母亲终于找到了一份田庄里的农活，可以挣得一点黄油和牛奶，同时她还给附近农户的女儿们上钢琴课。作为回报，她的工作换来了美味的农产品——土豆、面包、鸡蛋和面粉。我父亲不知何时从战场上归来，到德国北部和我们团聚了，并马上计划成立一家自己的公司。一切又渐渐步入正轨。然而，这段童年往事于我而言并非雁过无痕。我成为了一个沉默寡言、善于思考且喜欢幻想的小姑娘。

入学后，我狂热地想要尽快学会阅读。掌握了阅读能力，一个全新的世界便在我面前开启了。我生命中第一本属于自己的书，是一部有着厚厚木质书页的童话书。我在灌木丛中觅得一处被树叶覆盖的小窝，常常捧着我的宝贝蹲在那儿。那是个只属于我和童话里公主王子们的一方净土。我可以从早到晚守在那儿，完完全全沉浸在自己的世界里。这是一个比现实更为公正美好的世界。在我的树窝中，我汲取了力量，并且首次设想出自己应该并可能实现的理想生活状态。几乎在每个童话故事里，特别能打动我的点都是爱的力量总能战胜邪恶。是的，我也希望拥有这样一个理想世界。

与之相反，我经历的现实却是另一个世界：有人向同类开枪扫射；有人把他人的一切都据为己有；有人酒足饭饱，却不愿把东西分享给其他饥肠辘辘的人。为什么我不得不放弃我的玩具？为什么我不得不数月饥寒交迫地挤在冰冷的车厢里，穿越那些尸横遍野的道路？为什么我那时会被人骂作“贱货”，难道就因为我是难民孩子，就因为我没有真正的鞋穿，只能以木屐为履？谁能说得清道得明呢？最令人困惑的问题是："在这样一个世界里，我究竟失去了什么？"我至今依然认为那些童话都具有象征意义。我认为每个人都可以让地球变得更美好，令生活更有价值。这一切，早在我孤单地守在那通往童话世界的树窝里时便领悟到了。直至今日，那一幕依然如在眼前，那个悲伤的难民小女孩怎样郑重地发下了一个大大的誓愿：我要尽我一切所能，让世界变得更美好。在那样的世界里，战争将不复存在，每个人都能有尊严地活着。

寄宿学校——迈向自由的一大步

逃亡及战后岁月的经历重塑了我，那个无忧无虑的快乐小孩被定格在了两岁，之后的我变成了一个真正的"爱哭鬼"，一点点小事就能令我马上眼泪汪汪，身边的亲人都对我束手无策。我还经常生病，有两次甚至还挣扎在生死边缘。但我仍然是个勤奋好学的孩子，在小学期间我就已经能够如饥似渴地汲取老师所讲授的全部知识。

我的目标一开始就很明确——我渴望了解这世界。因此我拼尽全力用功学习。无论如何，我都希望能够取得毕业证书，这样将来就可以成为一名教师了。

中学的头五年我必须去一所文理男校①，因为附近没有其他

① 德国的重点中学被称为文理中学，其毕业生可以不参加考试直接进入德国高等院校深造。文理男校是只招收男生的文理中学，此处作者说明是因特殊情况不得不去男校就读。——编者注

的学校。每天早晨我都要骑行八公里到校，下午再骑八公里回家。无论严寒酷暑，风雨无阻。我们班有五位女生，二十位男生。不管从哪方面来看，那都是段艰难岁月。在我留了一次级之后，父母决定将我送到伦茨堡的一所寄宿学校。那是一所女校，女生们平时住校，只有周末才回家。

这个正确的决定确实解决了我的问题。那个腼腆的“爱哭鬼”终于活跃了起来。在与其他女孩子交往的过程中，我很快发现，以前从中学里的男孩们以及我哥哥们那里，我还是学到了很多有用的东西，那就是放飞自我，绝不矜持！因为大家都是女孩，天性活泼的我更能无所顾忌地大显身手了。于是我尝试以全新的方式与别人相处，并充分调动起了大家的活力。忽然间，我从一个九年级的留级生变成了班上最好的学生。那个敏感的“小心眼儿”转眼成了一个快乐女生，处处愿意并且也能够和大家打成一片。

那时的我更渴望能成为一名教师。为了挣点零花钱，我还为几名女同学进行课外辅导，这算是一种很好的练习。很快我就学会了如何将我的知识以生动有趣的游戏方式传授给别人。

寄宿生活非常有利于提高大家的集体意识。我们一起组织了很多活动，并且乐在其中。首先是女子乐队，我们给它起名为“神经锯”。我是鼓手，要做的事情就是在一个普普通通的饭锅上情绪激昂地大敲特敲，给我们的娱乐活动增添一些振奋人心的旋律，有一次还被人喝了倒彩，但这并未影响我们这帮艺术家的创作激情。对于我们三十多个寄宿女生来说，除了有课的晚上，其余晚上要么做手工、唱歌、跳舞、做游戏，要么便是举班欢庆。那段青春岁月如此美好，令我身心愉悦。尤其值得高兴的是，我再也没有生过病。

父母本来对我就并不是特别严格，他们和我的兄弟姐妹不在我身边的日子令我更加逍遥自在。没有家庭的压力，我在寄宿学校里如鱼得水。在这里没人会要求你举止端庄，去取悦邻居或他人，我可以回归本性，可以自己独立决定任何事情。我因此格外开心。虽然这里也有规则要遵守，但管得非常宽松。我几乎觉得自己已经真正长大成人了，因为只有成年人才能这样——自己承担责任，自己决定未来。

是不是一个人在摆脱管束后反而会发展得更好？还是所谓的“家庭温暖”比自由更重要？这些问题从那时起就一直困扰着我。尽管一直没能真正得到最终答案，但作为一个在伦茨堡寄宿学校的小姑娘，我已经下定决心将来要让我自己的学生或我自己的孩子享有充分的自由，因为这样的自由带给了我如此纯粹的快乐。

关于疾病我也反思良久。为什么以前的我作为一个成天怨声载道的“爱哭鬼”就会经常生病，可是现在却很少生病呢？是不是心理健康也可以促进身体健康？若真是如此，我推测服药不是治疗病症的根本之道。这么说，只要想办法让每个人心情舒畅，让人人精神振作，很多病不就能不治而愈啦？这些问题在我脑海里接踵而来，令我乐在其中。后来我终于获得了毕业证，并开始憧憬大学生活，希望在那里能够寻找到更多问题的答案。

大学学习——一个崭新的世界

新世界的大门在基尔师范大学向我开启了。我那些奇思妙想在这里终于找到了坚实的理论基础。我感到心理学真是太有趣了，因为它涉及了不同的人格类型及其对应的行为方式，这可不就是我当年在树窝里就格外感兴趣的主题嘛！我成了一个全身心都扑在学习上的学生，满腔热忱、如饥似渴地学习相关课程，并且终于对自己当年的困惑略解一二了。比如说，为什么不同的人在特定环境下的表现会天差地别？我了解到有多血质、胆汁质、黏液质、抑郁质这四种不同的人格气质，这令我大开眼界。其中有个著名而且极其形象生动的"障碍物"案例，每位心理学专业的大一新生对此都耳熟能详，我至今回味起来也仍觉得趣味无穷。"开步，走！"多血质者微笑着，越过了障碍；"真烦人！"胆汁质者怒吼着生气地踏了过去；"什么都做不了！"黏液质者说着扭头便走；"为什么偏偏被我撞上了？"抑郁质者抱怨着，也掉头走了。将朋友和熟人们对号入座对我来说是件充满乐趣的事。他们是明确属于某类，还是与绝大多数人一样是混合型？更重要的是，我自己到底属于哪类人？进而更深入的问题是，这些不同的气质类型究竟是天生的，还是被后天环境所影响的呢？我们是否有可能让自己的个性发生转变呢？抑或说我们的错误和缺点是本性难移、无可救药呢？这一切相关的话题都令我极感兴趣，我一再庆幸自己选对了这个专业。

教育学也是我喜欢的科目。它让我了解到，的确有许多人一生致力让其他人生活得更幸福。我非常欣赏苏联教育家马卡连柯，他将街头有暴力倾向的青少年召集起来，与他们共同建立起一个家园，让孩子们享有平等的话语权，使他们都能够受到尊重，从而健康成长。对，我想，就是这样，这便是我所想要的！我希望能做些什么，令大家都能感受到自己是被完全接纳的，这样他们压根就不会产生发动战争的想法。

我们的课堂上也介绍了另一种教育理论：用鼓励和信任取代惩罚。这在当时来说绝对是革命性的。在学校里，体罚长久以来都没被禁止，教师或多或少都会习惯性地给学生来个耳光，这也司空见惯，几乎被公认为理所当然的教育内容。惩罚是必须的！几乎没听说过谁会主张不打孩子。胡萝卜加大棒的古训始终被人奉行。另一方面，隐隐约约也开始出现了针对这种腐朽教育观念的反对声。大学生们对此话题深感兴趣，群情激昂，课程结束后的讨论激烈而持久。

假期里我到工厂勤工俭学。在这儿我认识了一些人，他们长年累月干着重复烦琐的活儿，而面对这些无聊的工作，仅仅六个月我就几乎无法忍受。我对他们深表同情，这绝对不是真正的生活！可我又不能为他们做些什么。但也说不定，或许在将来某个时候真的可以呢？

学业实习期有各种到校园里进行实践的机会。我们从中也受益匪浅，因为立刻就有许多令人头疼的教育对象让我们真正了解到现实的严峻。孩子们简直是太捣蛋，太吵闹了！我们那些完美的教育理念对他们而言简直是对牛弹琴。理论与实践之间有天壤之别，令我们手足无措，难以适从。怎么会这样？我问自己。瑞士教育家裴斯泰洛齐和其他教育家可是颇有建树啊！从某种意义上来说，他们成功地实现了自己的伟大理想。我想，或许成功的奥秘就在于他们穷毕生之力去实践自己的理念。对，答案一定就在这里。

理论与实践

在参加完首批国家统考后，我们这些教育系统的后备力量就被分配到了整个荷尔斯泰因州的各个角落。接下来几年中，比尔森成为了我的定居地。这座小村庄里只有几百户人家，我将要任教的学校只有两个班，一年级到四年级的学生一起上小班，五年级到九年级的一起上中班。那栋漂亮的新小楼的侧楼是教工宿舍。我被分配为小班的班主任，但也要为中班上几节课。这份工作令我很满意。我那快退休的同事是位忠实的园艺爱好者，他的劳动成果显而易见。如诗如画的田园美景让我神清气爽，但我总觉得缺些什么。作为一名热衷体育的运动健将，并且“体能教育”还曾是我的主修课，我不能忍受学校目前体育设施不足的状况。

为了弥补这项空白，我首先要去说服镇长。作为学校的赞助人，他对于学校的任何举措都有发言权。找镇长对我来说也不是什么天大的难事，因为本来我每天都能见着他。这位兼职镇长的主业是农场主，我的牛奶都是向他买的。我索性经常跑到他的奶牛棚里缠着他，喋喋不休地劝说，让他了解校园体育活动的重要性，了解长期有规律的运动有利于孩子健康，也有助于培养集体观念。镇长试图反驳我这个热情过度的年轻教师：“我们不是下午已经安排了树林里的户外游戏吗？”“对呀，可是只有天气好的时候才能进行啊！”我争辩道，而且我觉得那点运动量远远不够。我需要一些真正的体育器材，可供孩子们在特定时段内在教室里使用。“这些也不一定非要购买。”我低声下气道。我早就联系了其他学校以及体育协会，同他们商量租赁器材的事宜。功夫不负有心人，镇长总算妥协了。听惯了那套“这咋整啊？”“俺们办不到吧！”之类的官腔，某一天我终于幸运地听到了他嘟囔着从牙缝里挤出了一句“你爱咋咋地吧”。我大喜过望，很快就置办齐了所有的必需品。没过几天，学校里就有了一副双杠、一只跳箱、三个软垫以及各种球类、轮胎、单杠等体育用品。孩子们同我一样对新开设的体育课欣喜若狂。

可这只是个开头。我早就想过要把学校大楼前面那片大草坪改造成一块运动场。这次我不再是孤军奋战了。学生们的父母团结一心，带着铲子、铁锹和镐头一齐上阵。我们刨土、掘地、丈量，齐心协力向着共同的目标奋战；期间一些村民还为我们送来了可口的饭菜。这场集体合作完美得令我无法想象。傍晚，当我们带着自豪的心情欣赏大家挥汗的战果时，我觉得大功告成了：原先那片草地上出现了一个跳远沙坑，一个跑道和投掷道，还有一个漂亮的游乐场。不用说，现在体育课俨然成了低年级和高年级学生们最热爱的课程。已经小有成就感的我常常想起那些前辈教育家们：奥尼尔、裴斯泰洛齐、马卡连柯……天啊，他们实现了多少自己的梦想！现在我发现，如果真认定了某件事是重要的，连我这个无名小卒也能把理想变成现实。有那么一阵子，我沉浸在自己的小成就中沾沾自喜。不过好景不长。

我始料未及的问题出现了，学生们竟然无法适应我的友善宽容。特别是那些年龄较大的男孩依旧怀念以前的“严加管教”。他们已经习惯于服从耳光及棍棒，只有在高压下才会循规蹈矩。当我们首次出现了意见分歧时，他们对我那套现代教学法的热情便急剧降温了。我需要让他们完成一些有悖于他们意愿的事，但我绝不想靠武力强迫，可光同他们磨嘴皮又实在无济于事。双方因此陷入了僵局。年长一些的男孩们认为他们即将被这个难缠的女老师开除。我们的关系无可挽救地破裂了。很快，我觉得自己面对这样令人不知所措的局面实在力不从心。我那位快退休的同事此时又占了上风，幸灾乐祸地看到他的种种偏见都被言中，对我的困境袖手旁观。我闷闷不乐，又像童年时期一样开始生病。我被迫两次住进医院，虽然做了切除扁桃体和鼻膈膜的手术，却依然长期遭受着咽喉疼痛的折磨，嗓音变得沙哑。

我陷入了情绪的低谷。我做错了什么？我只不过想在家长和孩子中唤起大家对美好事物的兴趣。然而事与愿违，随之而来的只有争执、口角与怨愤——一个我无法控制的局面。后来，和大多数类似规模的小型学校一样，这所学校在两年后被解散了。我便利用这个机会，为我的教学生涯放了一年的长假。

里约的狂欢节

我对自己很失望。我拼尽全力做的第一份工作就以失败告终，当初在树窝里许下的誓愿也无从着落。另一方面我又试图自我激励，毕竟在村子里也曾有过快乐的时光，家长和孩子们一定会记住我付出的努力的。这毕竟只是个开始，下一次，我会走得更远一些，一定会的！垂头丧气也无济于事，不如放眼未来，寻求新的思路，我下了决心要重振旗鼓。我想出门远行，旅游总能帮助我从混沌不明的生活状态中解放出来。人在旅途中能够最大限度地放下责任的包袱，轻装上阵，忘却烦恼，享受当下。

从母亲那儿我得知，我们有些亲戚在巴西的布鲁梅瑙开店，那是一处德国人建立的住宅区。我想去那儿，也许能在店里帮点忙，或者做些别的什么有用的事。没有具体的计划，我只想赶紧上路，接下来的事就到时候再想吧！反正令我坚信不疑的是，里约的狂欢节一定能让我重拾生活的乐趣！那些展现狂欢节盛况的炫目图片总令我心驰神往。现在我想要与其零距离接触，亲身感受这一切。出于好意，我的朋友和熟人没少向我提出各种建议。他们警告我说，里约可不是年轻女孩的福地。我决定自己去感受与判断那里所谓的暴力与脏乱。几位从来不敢轻易涉足未知世界的女性密友对我的勇气钦佩有加。连我自己都有点佩服自己的大无畏精神了。我知道其中的风险，但更知道自己对此有心理准备。迄今为止我的许多冒险活动都得益于这种心理承受能力。它也许与我当时从东普鲁士开始的逃亡经历有关。如果有过一次被迫破釜沉舟、放弃一切的经历，那再面临第二次、第三次时又能有多困难呢？我还能惨到哪里去呢？

我把家具和汽车都卖掉了，并把其他家当都放在了母亲那里。船票早已买好，行李只带了最基本的必备品。在热那亚，我终于登上了那艘名为“尹立科”的有着白色蒸汽烟囱的大船。两年来的所有忧虑顿时都烟消云散了。我又一次对未来充满期待。

当我倚在船舷栏杆上观察着身边来来往往的人群时，内心响起一个声音，告诉我这次旅途并不是一次孤独之旅。果真，没多久，我就和同舱的一位女士攀谈起来。她随身携带了录音机以及摄影和录像设备，准备探访南美洲的印第安人。我们很快便达成一致，她将先陪我去狂欢节，之后我将陪她去考察。从那一刻起我们就形影不离，一直拿着那张小地图，在上面规划我们的旅行路线，只不过第二天又会将它重新修改。做一些空头计划而不必去实现给我们带来了很多乐趣。我们有一种感觉，一切皆有可能，我们自己就可以主宰时间与生命。可是，当我们越过赤道将冬天抛在身后时，我还是又一次陷入了迷茫，不知何处是自己的心之所向。

在里约狂欢节上我们彻夜狂欢，和桑巴队伍一起跳舞，与当地人一起欢笑。也许对于我们这两名年轻欧洲女孩来说，此次出远门没遇上什么麻烦已经是极大的幸运了。之后的三个月里，我们游历了整个巴西。我的感受很矛盾：一方面，我痴迷于他们生机勃勃、多姿多彩的生活方式；另一方面，我又无法忍受当地人不可思议的赤贫生活。全家人露宿街头，忍受着炎炎烈日，在脏乱中觅食。到处可见瘦骨嶙峋的孩子，身上爬满蛆虫和苍蝇。从贫民窟走过时，我忍不住落泪，面对如此贫困的世界不知所措。

我当年的誓愿又浮现了出来。我对自己说，我们必须做些什么，不能就这样袖手旁观，看着人们因为缺乏基本食物和药物而在饥饿和死亡线上挣扎。一面是物资极度匮乏，另一面我们欧洲人却在大手大脚地挥霍，过度浪费我们的资源。可是势单力孤的我在这儿什么都做不了。每每令我心如刀绞的是那些孩子追着我乞讨的时刻，在他们眼中金发的年轻女孩一定是有钱的白种人，他们希望从我这得到资助，可我却囊中羞涩。

在布鲁梅瑙我们专程去拜访了我亲戚，但仅仅逗留了几天。在目睹了贫困乡村的悲惨生活后，这些德国移民的冷漠令人无法忍受。他们讥讽当地人又懒又笨，自作自受，活该受穷！“我们反正已经尽力为当地做贡献了！”我实在庆幸自己很快逃离了这些自以为是的德国人。

眼看钱要花光了，我们决定前往智利，我的同行朋友在那儿认识一户人家。我开始在当地的一所德语学校当老师，但没有与他们签合同，因为我不知道自己在那儿能够或者愿意呆多久。没过多久，我就万分庆幸自己当初没有签合同，因为我的处境一下子变得极其不如意。首先是不公平的待遇令我无法忍受。与其他由德国政府派过来的同事不同，我的工资只是按照本地智利教师的标准发放，这意味着我能拿得到的薪水只有德国同事的四分之一，实在是少得可怜！几个月后，我结束了这份令人不悦的工作。

智利圣地亚哥——一扇通往另一个世界的大门

我的朋友在一家德国公司找到了一份很好的工作。我俩一起搬进了智利圣地亚哥的一处住所。房东是一位护士，自从她的丈夫去世后就不得不带着十七岁的女儿独自生活。现在我们不再是当初去巴西的那两个大惊小怪的游客了，我们现在必须去适应这种还不太令人习惯的智利生活。就像当地人那样，我们每天都得在公交车上奋力挣扎，以求能有一席站立之地。当然前提条件是汽车得停下来，通常它直接就开走了，因为每平方厘米都人满为患。有时候它也会停下，尽管它其实根本再挤不进任何人了。这时候就会有人在后面帮着推，直到确实塞不进人为止。每次想下车都是一项艰巨的挑战。到处都是人，路上行人摩肩接踵，真的是人山人海！对于我来说这是一幅全新的景象。与智利圣地亚哥相反，德国的大城市比如汉堡几乎总是空空荡荡。那时大部分智利人都挤在城市里居住，只有少部分分散在乡村和一些小地方。

渐渐地我们也结交了一些智利朋友。我们与房东母女相处融洽。不知从何时起她们和我们拉起家常，说她们死去的丈夫与父亲常常"回来"。我瞠目结舌，对我这样受过正统教育的德国人来说，"人死不能复生"是天经地义。可这么简单的道理，对于我们友善的房东来说却是无稽之谈。"每个死亡的生命其实都在以其他的形式继续生活。"她们向我们非常耐心地解释着。包括其他智利朋友也告诉我们，在这儿，人们持有这类观点是家常便饭。如果有人不愿意继续和死去的人打交道，他可以通过巫师得到一些驱鬼建议，以便把这些不速之客请走。我们的新朋友谈论了许多有关能量的事情，告诉我们鬼神可以怎样扰乱人们的正常生活，人们应该怎样自我保护。我根本不信这一套，对于这些天方夜谭的迷信说法暗自感到好笑，坚持自己的唯物主义无神论。

可自从我认识了我的邻居之后，一切都发生了改变。他是一位画家，名叫乔安·尹立科，与我同龄，有着印第安人的血统。这是个帅气而富有情趣的男人，非常具有哲人气质，善于思考。乔安想为我画一幅肖像。我为他做了好几次模特儿，他还教了我许多智利的风土人情，我也对他有了更深入的了解。尽管我的西班牙语还说得不好，可他却总能明白我的意思。而他身边的其他人面对我这样一个说话结结巴巴的外国人，虽然试图有礼貌地倾听，却总是白费劲。当别人始终无法与我交流时，他却往往能在一旁为我翻译。这令我对他刮目相看。当他告诉我，他一直就知道我有一天会来找他时，我不禁陷入了沉思。他甚至知道我这次旅途的启程日期，还给我看了一幅当我还在路上时他就画好的画，上面描绘了我真实经历过的一个场景。

这一切对我来说太不可思议了，我忽然意识到，其实我自己也是有某种预感的。当时在热那亚的船上，我曾听到内心深处一个很清晰的声音向我保证说，你不会孤单一人的。确实我后来不再孤身独行，而是很快找到了一位女性旅伴。可现在我重新问自己，这个声音所指的人莫非就是我面前这位魅力十足的年轻男子？而他的名字尹立科又恰好和那艘船一样。

无论如何，他让我心乱如麻，六神无主，我们被彼此深深地吸引着。乔安告诉我，他前世和我有缘。我不知道该怎么回应。用欧洲人常用的思维逻辑"那家伙疯了"来解释可不管用，因为有很多场景证明他确实是有道理的。有时在市中心他会忽然出现在我身边。如果我说"真巧啊！"，他会微笑着反驳说："这可并非巧合！"因为他觉得有种心灵感应让他必须来到我身边。"一切都是最好的安排。"

不多久，我自己开始观察那些看起来不可思议的事情。我有些不知所措。一方面，我被他深深吸引；另一方面，我又有所畏惧。当乔安问我是否愿意嫁给他时，我答应了他，尽管脑海里所有的声音都在大喊："千万别！"事实上我们后来的婚姻并不成功，但现在的我已经明白，这段关系对我俩当年都是重要且正确的。

誓愿重现

靠我丈夫在智利卖画的钱不足以养家糊口，我对自己那一份微薄的薪资也不甚满意，我们决定远渡重洋回到德国。学校假期刚好结束，我被分配在汉堡附近的施瓦茨拜克工作。

接下来的五年对我来说，不亚于那些逃亡和战后的年代。我过得郁闷至极，常常觉得力不从心、一事无成。我们的两个孩子在不到一年里接连出生了。他们看上去像两个小印第安人，给我带来了极大的欢乐。但同时照顾这两个小家伙也非常耗神，我本来就精疲力竭，现在更加难以应付。我一方面要教那些排得满满的课，另一方面还要准备第二次国家统考。乔安不学德语，所以他唯一可以交流的对象就是我。当他迷上了西班牙哲学家奥尔特加·加塞特的哲学理论后，我忙碌一天之后的"休闲时刻"就不再悠闲了。孩子们刚一睡着，我丈夫就要拉着我大谈特谈奥尔特加，坚决不允许我有任何理由拒绝。他本着"你若不从，可别怪我不客气"的暴力原则，令我在这五年中饱受折磨。后来我决定跟他离婚。因为乔安的身份是外国人，所以他只好被迫离开德国，不可能再回来了。我终于松了口气。

这段婚姻让我改变了许多。我在寄宿学校和大学时代中所拥有的乐观开朗、无忧无虑俨然烟消云散。而现在，离婚之后，我成了一位既要全天上班，又要照顾两个孩子的单亲母亲。祸不单行，我又一次生病了。除了咽喉炎和沙哑症的旧病复发外，还有一些新的过敏症状。我成了不同医生们的常客，长年感觉自己沦为了生活的傀儡。

可是我那旺盛的生命之火并不会就此轻易熄灭。我后来越来越觉得，那些不愉快的经历对我其实是有益的。以前的我常常漫不经心，觉得对什么都缺乏兴趣；现在却要致力发掘人生更本质的内涵。苦难加深了我的感知力。随着时间的推移，我渐渐远离了“我是生活的傀儡”那种消极想法，找回了自信。在这几年间，我确实做成了很多事情！

我和儿女们搬进了树林边上的一座房子里。在这里我找回了舒心的感觉，于是又想起了当初的誓愿，当初我作为一个小女孩在树窝里所发下的誓愿，致力让这个世界变得更美好。我要立即行动起来，从身边小事开始做起。

当时的施瓦茨拜克是一座没有文化氛围的城市。这种状况得有人来改变。比如说建立一个创意社区。为什么不利用我家的房间呢？我朋友圈里的画家和音乐家们与我一同筹建了这个创意中心。我们把我家楼下以前住的房间改造成一个画廊。而孩子们可以在楼上拥有一块属于自己的不受干扰的乐土。除了开幕式那天是受邀嘉宾们的专场，我每周向公众开放两次我的家门。在我的想象中，这将是个和谐和睦的社区，在这里，每个人都可以尽其所能地展现自身才华，同时也能从别人那里获益。这种社区可成为一种艺术上的“给予和接纳”的雏形。

没多久，有一群人就成了我这儿的常客。我们为彼此朗诵，共同创作剧本。我们一起唱歌、演戏，其乐无穷。这一切让我感觉回到了寄宿学校的美好时光。可这些对我来说还不够，是的，我们自己乐在其中，但和这个世界又有什么关系呢？于是后来我又发现了“艺术之家”，并结识了新的志同道合的伙伴。

艺术之家——一种理想的生活形式

树林边的小屋换了主人。尽管我向新房东保证我的活动没有一点商业性质，但他还是觉得画廊一定赚了大钱，所以要大幅提高房租。好在那阵子有位女记者注意到一篇关于盖斯特哈赫特"艺术之家"的文章，她曾报道过我的创新活动，便向我提供了这个信息。在那儿共同生活和工作着许多艺术家，另外还有个好消息，"艺术之家"里有处公寓还空着！我拨通了别人提供的电话号码，立刻驱车二十公里来到盖斯特哈赫特。那间房还空着，房屋上下两层的格局对我和孩子来说非常理想。两周后我们就搬了进去。

我在施瓦茨拜克又继续工作了一年，每日两地奔波。后来我换到了盖斯特哈赫特当地一所小学工作，两个孩子也在我的学校上学。在那里，我们共同度过了最美好的岁月。

"艺术之家"是一次成功的试验，那儿生活着一群实现了梦想的快乐之人。艺术家们在一个屋檐下共同居住、生活。每个人都有自己的独立公寓，拥有各自的私人空间，也可以享受独处的时光。这个项目将大家反复构想的理念变成了现实。那儿有陶艺坊、摄影棚、画廊、绘画学校、金工坊。除此之外，我们还策划了相关的文化节目并将其举办得有声有色。精彩的活动得到了大家的认可并受到了广泛的关注。

尽管那儿是座天堂，但也好景不长。在我刚搬进去时，它就已经显露出最初的衰败迹象了。之前的一些老住户已经搬走了。我在那里度过的四年中，住户们的流动性很大。那些人离开的原因大多是因为在社区里有些无法解决的争端。这些难以判断是非对错的纠纷也常常困扰着我，在与我的学生、同事、朋友以及自己的孩子交往时，我也时常遇到类似的问题。怎样才能解决这些矛盾纷争呢?

我开始写一些关于人们不同行为方式的故事。一位记者朋友很欣赏我的文章，并向她的主编推荐了。他为我在他的报纸上设置了一个板块，让我每周撰写我的专栏。每次专栏文章的最后我都会请我的读者发表一些评论或者写一些他们自己的经历。我的文章都是关于社会人际关系的，我希望以此唤起读者的思考。我并没有提供解决方案，而是让他们自己寻求答案。

对于像我这样的单亲母亲来说，这种共同生活的社区模式非常理想，孩子们可以经常和不同的人打交道。他们可以与大家一起参加园艺工作；当节日来临时，还可以共同参与筹划，一起嬉闹欢庆，一起帮忙收尾。我们在一块儿唱歌跳舞，参加陶艺课、绘画课和摄影课。当我晚上有事时，总会有人为我照看孩子。我终于不需要一个人承担照顾他们的全部责任了。在盖斯特哈赫特那几年里，我又找回了一部分当年那种无忧无虑的感觉。但我也意识到，我的发展在此地受到了局限，我觉得自己应该还有更多的机会。虽然目前对此还不能确切地感知，但无论如何我要去把握它们，毕竟在我心中还有一个誓愿有待实现。

一扇大门开启了

我的小儿子因为适应不了进入文理中学的这一转变，忽然对未来充满恐惧。“你不要害怕！”“有我在这里！”“别胡思乱想啦！”我苍白无力的安慰起不了丝毫作用。我为此无比焦虑。

一次教学培训让我认识了一些心理学专业的学生，我向他们诉说了自己的困境。他们为我提供了一个机会，让我带着儿子到汉堡学院进行一次游戏式心理治疗。治疗方式是这样的，由一位女大学生与孩子通过游戏进行理解与沟通，从而帮助他克服心理障碍；同时家长则与另一名大学生对话，试图找出造成孩子心理问题的原因，并提出治疗方案。整个过程属于教学培训的一部分，所以是免费的。所有的对话都将在一间有单向镜面玻璃的室内进行，对此我表示同意。这意味着，一名教授和他的学生们可以在单向镜后观察我们，并且对“施韦尔默案例”进行讨论。因为看不见他们，所以对我来说，忘掉我正在被人观察并不是件难事。我和儿子周复一周去汉堡学院接受心理治疗——那次经历改变了我的一生。

在20世纪70年代，虽然已经有了各种心理疗法，但专业的心理障碍治疗还不太流行。在我的同事中，我是第一个吃螃蟹的人。经过十次治疗，我的孩子终于重新找回他自己的心理平衡，可恰恰与此同时，我的世界却崩溃了。

在进行心理治疗时我总会忍不住哭泣。每周三下午我和那位名叫罗伯特的大学生坐在一起时都会流泪。还来不及说几句话，我的眼泪就涌了上来。泪水决堤而下，那是一种解脱的释放：每次治疗后我都如释重负地回到家中，感觉泪水冲开了我内心的封印，重又赋予我新的能量。我学会有意识地呼吸，像控制和影响自己的思维那样去调整呼吸。我从未想过自己居然能拥有这样一种自控力。

我的眼泪主要源于一种“受害者”心态，它深藏于我的潜意识中，令我自欺自艾；那种任人摆布的感觉始终主宰着我，令我倍感压抑。后来我越来越觉得，其实我不仅是“受害者”，更是始作俑者。我必须改变那种把错误都归咎于别人的固有思维。我终于明白了，自己有时候也会错得很离谱。当然之前我就已经发觉自己很能为自己辩护。可当我脾气格外暴躁时，我又总会自责。其实这种内疚感的产生并非无缘无故。然而，在进行心理治疗之前，我从未有机会真正来剖析这种内疚感。

我学生时代所学的那些心理学理论现在终于可以运用在实践中了。这些治疗令我大开眼界，最终让我明白，只要自己愿意，每个人都能有所改变。我因此联想到了我的心理学课程中那个著名的案例。两名婴儿在出生后不小心被人交换了，一名婴儿来自上流社会家庭，另一名则来自犯罪家族；两名婴儿长大后表现出与他们的生活环境不相匹配的行为特征，这种奇特的现象令他们被交换的事实最终真相大白。当时的结论很明确，行为特征是先天遗传而不是后天培养的，教育无法改变天性，“龙生龙，凤生凤，老鼠的儿子会打洞”。

但果真如此吗？这个问题困扰了我多年。现在我通过自己的亲身经历给出了答案：没有人是命运的奴隶，每个人都有机会创造自己的生活。这个结论促使我最终辞去了我的教师工作。在与罗伯特长达一年之久的治疗结束后，我清楚地意识到，在目前这种学校里，我不可能实现我的理想。作为教师，我首要的职责不过是教孩子们学习教条的知识并取得好成绩而已，我其实更想做的事是积极推动社会的进步，而这却不在我的工作范畴内。尽管如此，我仍然坚持在教育岗位上熬了十五个年头——现在，我带着愉悦的心情辞去了这个铁饭碗。

通往内在的道路

“艺术之家”的几位邻居开始尝试一些冥想方面的训练，并很兴奋地向大家宣传他们的两位老师。在此之前，我没有任何关于深度放松的体验，但是通过一个讲座我了解到，冥想就是设法消除那些源源不断地在脑海里此起彼伏的杂念，使内心趋于平静。当我们清除了大脑中这些多余的杂念时，便能自然而然地在精神上得到放松和休息。至今人们一提起那些冥想达人，便会把他们与一些玄而又玄的事情联系在一起。听说他们能超越人体自身极限，有些高手甚至还可以克服重力，让身体在空中悬浮。

悬浮这事很难令我理解与信服，但是光一想到能让我那时刻无法停止思虑的顽固大脑获得解放，从而回归内心的平和，就足以令我无法抗拒了。我花了四百马克为我和我的孩子订了一周的冥想课程。每次课后我们都可以交流个人体验。我没什么感受，没法高飞、漂浮或发光什么的。我能忍着不发笑就算很不错了。可我却常常控制不住自己，只要一安静下来，我就会忍不住窃笑，甚至还吃吃地笑出声来。而且小组里的成员越多，我的笑声就越突兀。这太令人不悦与难堪了，可是别人都很包容，没有把我轰出去。

几天后，我终于安静了下来，可以忍住不笑了。这得归功于我从老师那里学来的一句咒语。我根本不知道咒语的意思，所以我猜想，这也是自己无法进行任何联想的原因。有位朋友之前提醒过我不要陷入任何宗教形式，她告诉我，通过念咒，我其实是在召唤一位印度之神。这对我来说有点骇人听闻，令人不寒而栗。但我并没有因此被吓倒，反而越来越能够倾听和感受到内心的声音。自己也许真的是在某种方式下被精神控制了吧！虽然无法得出相关的确切结论，但我对于新学到的获得放松的简单技巧感到非常愉悦，并且可以随时随地运用它。当我手脚放松地坐在某处时，没人知道我正双目微闭，心中念念有词呢。

没多久，我明确地感知到自己身上发生了某些变化。每日醒来后，我眼前忽然会出现一些曾经梦见过的画面。这种情形确实发生在我身上了，简直不可思议，尤其对于像我这样一个从来都记不住自己的梦境，从来都没和梦境打过交道的人。而现在，梦境对我太重要了，以至于我甚至开始写一本相关的日记，名为《夜之书》。每天早晨我都会把我能够回忆起的梦境记录下来。我还阅读了大量有关梦境的书。简直无法相信，不久之前我还曾宣扬梦境根本是虚幻无意义的。现在我发觉，梦境能够非常有效地帮助我处理日常生活中的困扰。晚上我常会有意识地带着问题睡觉，希望能在梦中得到提示，结果第二天早上起来后就有了解决问题的方案。我感觉自己清明了许多，更能活在当下了。只要愿意，我随时都可以令自己全面放松。不过，没多久我还是离开了那个群体，因为我不愿迷信什么“精神领袖”。然而，在那里所学到的放松技巧，至今令我受益无穷。

最重要的是，通过冥想，我学会了如何直接链接自己的灵魂，我能够非常明显地感受到自己“内在的源泉”。我问自己，一旦脱离了它，我这具空壳还能做什么？从那之后，我再也没有陷入过进退两难的纠结中。并不是说忽然一夜之间我生活中就再无难事了，而是每次我都能够靠直觉知道自己应该去做什么。这是一种非常有效地能令生命更加简单从容的能力。某日清晨我从梦中苏醒，梦境给了我一个明确的提示——搬到吕内堡去，因为我在那儿将学到非常重要的东西。于是我立刻准备启程了。

向前迈进的一步

“艺术之家”的四年生活令我很快乐，我在那里获得了归属感及安全感。我还从一位邻居那儿学到了很多有关健康饮食的知识，我们经常在一起辟谷，我的健康状况获得了极大的改善。原本我应该感到非常满足：通过心理治疗、冥想打坐、许多集体活动以及我在这里所邂逅的一份“真爱”，我的生活已经重新步入正轨。朋友们无法理解，为什么我会离开这个世外桃源。因为他们并不了解我在多年前所许下的那个誓愿，我也没法向他们解释。我必须继续前行，还有许多问题有待解决，答案还在未知的地方。

到吕内堡的第一天我就找到了一处住所。房东原本更想接纳一对安静的退休老夫妇，可最终还是租给了像我这样一个带着两名青春期少年的单亲母亲。后来我才知道，想在这座大学城里找到一间住所并非易事，通常得奔波好几个月才行，而我很快就能在此安家。我们的新居不但有三间房，可以让我们每人一间，而且比以前的住所还要便宜，这更令我坚信了此次搬家的重要性。

我们正好住在师范专科学校的隔壁，如今那儿已成为一所大学。因为我正在失业，于是便利用这个时间参加了培训，成为校园里的旁听生。心理学一如既往地令我最为痴迷。我选择了心理咨询作为重点学科。我在这里学会了保持安静地倾听，学会了不急于发表自己的意见，而是先去深入了解别人的想法。这对我来说并不容易。我们在小组里面练习“建议性语言”。

我从课上学到了一点，那就是总用“你怎么怎么”这种命令式的口气来发话实在很糟糕。我惭愧地意识到其实我自己也经常使用诸如“你怎么”“你应该”“你不需要”之类的语言开场。我开始学着改变自己的说话风格，尽管这是一项艰难的挑战。

与此同时，我在汉堡学院接触了一门新的课程“完形心理疗法”[①]，开始了为期四年的心理医师职业培训。这对我来说是关键的一步，因为直至今天我还在研究人类复杂多变的行为特征。一直以来，我都希望能找到一种新的方式，消除人与人之间的误解隔阂，加深彼此的关爱。如果连我自己都无法摆脱自以为是的毛病，如何去与别人交往，帮助别人，并理解别人的困难呢？

我比班上大多数同学都大二十岁，从年轻人那里，我受益匪浅，我的生活经验也对他们有所帮助。年轻人和年长者取长补短、融洽相处真的很好，非常遗憾的是我们社会中普遍存在着明显的代沟隔阂。在这里，有大量事情令我终日忙碌，不过首先是关于我自己的生活。

一位女学生将我吸收进她的和平小组，他们主要从事一些政治工作，内容涉及核电、可替代性能源、种族歧视等，简而言之就是如何建设一个更好的世界。在这个小组里，有些男同胞持有激进的革命观。我并不赞同他们那种想通过革命来改变世界的观点，便与他们进行了漫长而激烈的争论。我更倾向于顺其自然的改进方式。我认为，人们应该先努力使自己变得更好，才能让世界变得更好。我说：“每个人必须先为自己负责，然后才能为整体负责。要求别人应该怎么做是无济于事的，每个人必

① 即格式塔疗法，由美国精神病学专家弗雷里克·S.皮尔斯博士创立。

须以包容开放的心态接受眼前的一切现状。”这些年轻男士对此持有保留意见。我又一次在生活的方方面面感受到理论与实际的差距,比如,在理论层面上我有那么多奇思妙想和惊世骇俗的理念,而在现实中我不得不应对自己的孩子们对我发起的挑战。

孩子们造反了

与我的学生时代有所不同,现在用打骂体罚的方式教育下一代的现象已经不再普遍。1968年的那场教育运动令许多事情都发生了改变。体罚在学校里早就被明令禁止了。反独裁教育得到了提倡,我也被卷入了这场思潮中,被我家里进入青春期的两个活宝弄得手足无措。

两个孩子不能适应吕内堡文理中学的学校生活。我女儿觉得尤其难受,因为与班上那些衣着光鲜的富家“公主”们相比,她永远都不可能赶上她们的时髦,这对她来说无比折磨。我那时还在失业,因此我们的钱刚够维持生活。在最初的童年时代,我就已经饱受贫困之苦,那段人生经历对我很重要。虽然现在环境有所好转,重温那拮据的岁月对我来说也不算什么,可这却是一个十岁的孩子所无法理解的。我女儿坚决不肯再去那所文理中学了。怀着沉重的心情,我只能选择让她转学去一所实科中学①。可是那儿的情况也不尽如人意。一年后她被降级到一所普通中学,她弟弟最终也进入了那所中学。

---

① 实科中学:德国近代以来着重讲授自然科学和实用知识的学校,是一种兼具普通教育和职业教育性质的学校。

对我来说简直没有比这更糟的事情了。我心灰意冷到了极点。每个老师都把孩子不愿上学的责任推到我一人身上，对我横加指责，令情况更加恶化。我倍感孤独，心力交瘁，无法再给这两个最迫切需要母亲帮助的孩子以任何支持。

在困境中，我开始把所发生的一切记录下来，这令我能够抽离出来进行反思，由此我变得清醒多了。比如我意识到，当年在寄宿学校独立生活的经验曾令我暗下决心，要给孩子们自由自主的权利，而我也确实是这么做的。然而现在我不仅没有为此感到高兴，反而开始懊悔由此带来的后果。两个孩子也深知我对他们的纵容。直至今天我女儿还对此津津乐道，说他们当年在吕内堡是如何无法无天自作主张的。他们因此变得特立独行，不随大流，我行我素。

我依然记得，她在招摇过市之前如何"精心打扮"，把路人雷得目瞪口呆。有一次她把头发卷成了两只牛角状，看起来像个小妖。她还会把各种夸张的颜料涂在脸上，或者剃个光头什么的，完全随心所欲。她的衣服都是自己裁剪的，其中倒也不乏非常具有创意的作品。有时她还会为朋友们设计一两件时装。在"与众不同"这方面她简直创意无限。

随着时间的推移，我越来越能从孩子们的胡闹中看到积极的一面。后来我想，他们的特立独行并没什么值得大惊小怪的，那只不过是他们的一种反叛态度，一种对僵化社会规则的挑战。尽管如此，当小镇街坊邻居用异样的眼光看待我的孩子时，我确实还是觉得异常难堪，虽然邻居们完全有理由这样做。这并非我本意，我并不想给人留下负面的印象，也不想再被人称作"无赖"。

我儿子则另辟蹊径，剃着朋克头大摇大摆地进了校园，顿时引起哗声一片，嘲讽与谩骂铺天盖地。然而他竟然每日都若无其事地挺了过来。我常常问自己，他是从哪儿得到这种处变不惊的定力的。甚至有一次学校里还为他特地召开了一场班会，大家必须在会上表决，鉴于他惊世骇俗的外表，是否要将他从学校开除。为了这次班会，他写了一篇关于纳粹集中营的论文，在那里只要有人违背了当权者的意愿，就会被无端杀害。他坚持每个人都有选择自己衣着的权利。他的奇装异服就是在抗议我们这个社会的不公，抗议种族主义以及社会差异。

那时的我常被人贴上"朋克之母"的标签。还有一件事情甚至闹得家喻户晓。有个警察把我女儿和她的朋友用警车带到了垃圾场，并把她们扔在那里。两个女孩爬出垃圾堆并走了十公里才回到家中。她们极度愤怒，这促使我女儿向报社媒体投诉了此事。没过多久便出现了一篇名为《一个将公民扔进垃圾堆的国家》的报道。

现在我的孩子们早已不再是朋克族，他们今天的穿着和常人无异，可是他们始终无法适应主流社会。对于他俩来说，这个社会中有太多的不和谐，令他们无法接受。他们始终不愿盲目从众，直到今天还保持着自己的创造性，听从内心的声音，按照自己的意愿生活。

社会最底层

两年的贫困生涯总算熬到头了，当吕内堡业余大学向我提供了一个职位时，我立刻接受了。我的任务是为本地文盲扫盲，教他们读写。一开始我就惊讶地发现，在德国虽然有义务教育制度，但竟然有许多人连最简单的一些字词都不认识，我之前完全不知道这一点。我的这批新学生身份各异，其中有些人有很严重的心理问题，住在疗养院、收容所或自己父母家；另一些人则是普通民众，有驾照有工作，没人能察觉出他们居然是文盲。这些人在生活中有其他专长，对于隐瞒自己的弱点格外在行。

教学工作异常费劲，我发明了一种自创的直观教学法，方便人们学习拼写。可是每当我觉得这回他们总能终生牢记这个单词的拼写了吧，结果几小时之后他们又全部还给了老师！我的学生们根本记不住单词的形式和意思，这令我一筹莫展。教小孩学习则完全不同。孩子们可以在生活中自动掌握字母和单词拼写。他们能飞快地接受并牢记新单词，一旦他们明白了规则，便会举一反三灵活应用。当年我还在小学教书的时候，便发现孩子们学起语言来快得不可思议，实在令我惊叹不已。我女儿就是这样一个例子。在她入学前我没有能力请保姆，于是就把她带到我的班上，让她坐在后排自己画画或者看绘本，结果她竟然跟着学习识字了。五岁的时候她就可以为我读报纸了，这令我大为惊奇。我自然为我家的小神童感到骄傲，也为其他聪明的学生感到自豪。然而与之相反，对于那些接受能力比较慢的学生，我总是缺乏耐心。

现在我终于又意识到了这一点。当我对那些反应迟钝的成年人生气发火时，也进行了自我反思——上天之所以安排我做这份工作，就是因为我太傲慢，总是盛气凌人，喜欢“聪明人”而排斥“愚钝”的人。在这里，我意识到，即使是所谓的“笨人”也有他们大智若愚的独特处世方式，也各有所长。我学会了尊重这些处在社会底层的人，他们也许并不会读书识字，但他们绝不因此而愚笨。我吃惊地发现，这些成年学生反而以他们的方式成为了我的老师，令我有所感悟。

在吕内堡业余大学的两年教学生涯从根本上改变了我。我尽可能同别人多打交道，带着关爱与人深入交往。在日常生活中我也有明显的转变。以前我是一个疯狂的书虫，总是为我那满满的书架而感到自豪。此时我忽然对书失去了兴趣。在业余大学夜校的教学过程中，我没读过一本小说，并最终把我的全部藏书送进了现代二手书店。

我从未后悔过这一转变。之后我虽然又重拾读书的兴趣，但再也没有那种痴迷劲了，也不像以前那样热衷于藏书。取而代之，我把更多的精力投入到了充满活力的新生活中，去融入每一个有意义的当下。那些真实的气味、声音、感觉以及通过各种形式传递给我的信息，与我年轻时代获得的书本知识相比，更能指引我新的人生方向。那副从少儿时期起就一直跟着我的眼镜，现在也被我收入盒中。我的学生们给我展示了现成的例子，让我学会不通过阅读也能在各处生活得游刃有余。

搬进大城市

我离开了吕内堡搬到多特蒙德，在那里接受了一个“行为心理医师”的职业培训。风光旖旎的吕内堡还停留在我的记忆中，那些宽街窄巷、如诗如画的房屋，以及散发着艺术气息的广场……忽然画风一转，换成眼前这个大城市，文化差异之大简直令我一时难以接受。多特蒙德是一座工业城市，灰色的房屋，肮脏的街道，处处嘈杂喧闹。然而，过了一段时间，我竟然也在那里找到了归属感。一年的学业结束后，有些东西将我拴在了这里。尽管我一直说要离开——要么搬进山区，要么在另一风光秀丽之处定居，可最终我还是选择了留下。作为心理医师，我本可以随处安居，而我却留在了此处，也许因为这里有那样一群人：随处可见的失业者和乞丐，穿着拖鞋从一家小卖部蹭到另一家小卖部的老年妇女，还有那许多旅居德国多年却几乎不会说德语的外国人。这些被社会边缘化的人让我有所触动。这一切在这所大城市里无所遁形，真实的贫困生活时时刻刻展现在我的眼前。我问自己，我能为这些被社会歧视的人们做些什么？我应该从何处着手，才能把我的能力用在刀刃上？

我接受过专业心理医师的职业培训，虽然在理论上我有可以促使人们彼此关爱的知识，帮助他们不再在生活中相互折磨，然而真正实践起来我却进退两难。“完形心理疗法”的费用不包含在医疗保险中，我的患者必须自掏腰包。所以我的治疗对象最终都还是些有钱人，和那些令我牵肠挂肚的穷人无关，这恰恰违背了我的本意。

另外我还发现，大部分人都被牢牢束缚在他们各自的小圈子里。在这个社会中，人与人之间彼此孤立，我即使能够帮助一两个人，稍许排遣他们的孤独，其作用也不过是杯水车薪。

作为“行为心理医师”或“身心疗愈师”，我还要与许多行为异常的儿童打交道。我们在小健身房里的“聚会”格外生动。我们喧闹、奔跑、做游戏。大家一起品尝、闻味、感知、倾听、交谈。我终于在此运用上了以往积累的所有经验和知识。最棒的是，这些儿童与我当年遇到的那帮孩子，那些曾在我最初职业生涯中令我大伤脑筋的孩子非常相似。不同的是，在这里，他们热爱我，我也热爱他们。不仅如此，我还能和每个已经熟识或新认识的孩子和睦相处，用心接纳他们，哪怕孩子们彼此之间矛盾重重。在多特蒙德，正如“完形心理疗法”其名所示，我实现了心理的“整体构建”。

我也要和一些外国妇女打交道。我曾去一家协会为那里的妇女每周上放松和运动课。在那里，我们会进行一些体操、跳舞、表演、冥想等活动；她们带来的美味佳肴很快会被分光——终于又一次自然形成了一种“给予和接纳”的关系。通过与她们的接触，我对异国文化也有了更深入的了解。

多特蒙德的工作终有结束之日。虽然我在那儿很开心，觉得心理医师是适合我的正确职业。可我有种预感，我并不会永久干这一行。在冥想打坐的时候，我企盼获得有关未来方向的提示，有一天我确实如愿以偿了。

灵性的学习

我遇见了一位治疗师，她在课程以及一对一治疗中一直表示，她是与天使一起合作的，并经常向我提及神的存在。她认为在我身上发生的一切都是最好的安排。这对我来说绝对难以置信。因为那些伤痛折磨以及挫败失意的感觉于我而言绝对不是什么好事，无论如何这些都不是我想经历的。然而治疗师却不这么认为，她恳请我对遇到的所有考验都心怀感恩。“这些都是上天赐予你的礼物，令你能够更快觉悟。接受它们吧！你来到地球的使命是为了参与建设一个更美好的世界，为了让人们相互关爱。”

没错，这些我都已经知道了，可是迄今为止，我一直都觉得自己在这条路上踟蹰不前。究竟我的正确定位在哪里？哪里可以让我自由徜徉，尽情发挥才智？治疗师向我保证我很快就能找到答案，并对我提供了帮助。我跟着她学习了几个月，终于看到了一个未曾企及过的全新世界，那种高维体验实在太棒了。我学习的主要内容就是去感受灵性世界的真实性，让自己与其连接，从而被能量充盈与守护。那是一种人们必须在清明开放的状态中才能连接到的能量，只要有能力迎接它，就能获得它的帮助。

我找到了我的守护天使，天使也心怀喜悦地让我感受它们的存在。我也感受到了万物的生命之源，并知道自己同属其中。灵性的火花在我心中清晰可辨，许多之前我隐约有所感知的事情得到了证实。此次学习之所以成为上天赐予我生命的厚礼，并不仅仅限于上述原因，更大程度是因为这次培训令我更能包容身边的人了。我原先对他人的态度是这样的：一方面，我是如此渴望与别人接近；另一方面，尽管自己一直强忍着不贴标签，但我对他人仍怀有固执的偏见。现在我的导师不允许我再这样下去了，我必须摘掉有色眼镜，看到别人的优点，消除自己的偏见。每周我都得完成三个任务，周末进行汇报。导师要么纠正我的观点，要么肯定我的结论，并总能给予我一些令我受益匪浅的建议。

有一回，我必须坐在步行街上观察行人，分析自我的感受。我吃惊地意识到，自己居然常常这样想：“那个人长得真奇怪！”我的问题简述如下：首先，我经常去抱怨亲爱的同胞们；其次，我不认为这有什么大不了，随意评价别人已经成了习惯。当我懊悔地承认了自己的错误后，得到了导师温和的回应："不要自责了，你已经走在了通向博爱的道路上，将来还不断会有新的考验令你得到锻炼。你对别人的批评其实是你本人内心的反应。如果你能接受自己，那你应该就能接受别人。"

另一回，她让我捧着一束鲜花进城，我的任务就是把花送给完全不认识的人，从而学会勇敢地接近陌生人。费了很长时间，我才把花送出去。很大一部分原因是我害怕被人拒绝或嘲笑。当我最终把那束花塞到一位女士手上时，才发现她丝毫没有嘲笑我的意思，相反十分喜欢这份天上掉下来的礼物。在与导师后来的对话中，她告诉我，与陌生人打交道将是我未来生活中的重要内容。

第三项任务也是为未来的挑战做准备的。我身着轻便的夏装，脚穿笨拙的登山鞋被派到了人行道上。对于我这样一个从来不愿意让自己在众目睽睽下出丑，不愿意再次被人称为"无赖"，不愿意出格越界的人来说，这实在是一项巨大的挑战。穿着这身滑稽的装束，我迅速溜过人来人往的街道，赶紧悄悄换上事先装在包里的凉鞋。我确实仍旧非常在意旁人对我投来的嘲讽目光。

我的导师向我解释道，如果我想坚持走自己的路，就必须学会不要活在别人的眼光中。她还说："你不久就会成为大众瞩目的焦点，经常和媒体打交道。那时你便不能再胆怯了。"

这次的学习为我将来要从事的工作做了充分的准备。我感觉自信了许多，总体得到了很大的提升。然而我还是没有找到自己的人生使命。

我一直在继续寻找。两年中我利用每分钟空闲的时间进行冥想，让自己不受任何人、任何事物的干扰，试图找到对自己更有意义的工作。有些相同处境的人会去寺庙禅修，但这并不适合我。如果“大隐于市”真可行的话，我希望就在这座大城市中找到解决的方案。在某些毫无进展的日子里，我甚至觉得自己已经濒临绝望的边缘。

第二章　供求交换中心

一个振奋人心的想法

一天早晨，我听到收音机里报道了一则新闻，介绍了加拿大某一小村庄里的“交换圈”，说在村里唯一的工厂倒闭后，这个“交换圈”便自然形成了。原先几乎每户人家都在那间工厂上班，现在大伙儿集体失业。为了保障大家今后的生活，居民们联合起来发明了这个模式。其运作方式就像听上去那样简单，每个人都贡献出自己特殊的才能为他人服务，让他人受益，从而也令自己获利。本着“天生我材必有用”的信念，产生了多种人才供应：木工、园丁、水泥匠、按摩师、理发师、烘焙师、厨师、幼儿看护员、汽车修理工……大家八仙过海，各显神通，管理人员把各项业务汇总起来进行分配。谁对某项服务感兴趣，就可以到公共的管理区登记预约。支付酬劳的方式不像往常那样使用金钱，而是另辟蹊径，参与者用之前通过自己劳动挣得的“积分”来抵扣他的欠账就可以了。

那篇报道用具体的事例清楚地解释了交换的规则。某人花了五个小时为女邻居修汽车，赚得了相应的“积分”纪录。当他自己的房屋需要维修时，他便请人来帮忙干贴墙纸、铺地毯等活儿。结账时他用自己的“积分”来抵扣维修服务费。而那位曾经请他修过汽车的女邻居则可通过帮别人带孩子去挣“积分”，以此抵扣汽车修理费。

这个办法马上激发了我的灵感。即使没有钱，也能解决生活中最基本的需求了。除此之外，这种人们迫不得已想出来的解决困境的模式，让人与人之间的关系更加密切了。以前大家都把时间消耗在了枯燥的工厂工作上，现在却有了充足的空闲可以与其他乡亲来往，这真是个一举多得的好主意！想到这里，我异常兴奋。长期以来苦苦寻求的答案就在眼前了！这是个能够落地实操的方案，可以人性化地解决贫困和孤独问题。

我激动地对密友们讲述了这个加拿大的试验，她们也像我一样为这个“不花钱过日子”的想法而感到兴奋。不过也有些人觉得这种模式只适合在乡村推行，因为相比大城市而言，乡村居民们彼此之间的关系更加密切。也许她们是有道理的，然而这些疑虑并没有令我就此却步。我开始推行我的“交换圈”计划。以我多年的经验，我觉得首先要让此计划吸引公众的眼球。于是，我给报社写了这样一篇文章：

> 我们这个社会中有许多领域的分配都不均衡。以就业市场为例，我们可以看到，一方面有许多人加班加点，累死累活，另一方面却又有大量人员失业，整天无所事事，不知如何才能让日子过得更有意义。这两类人都不幸福。前一类人深感孤独，因为他们除了自己的工作之外，再也没有精

力去从事其他任何活动；而后一类人则深感自卑，因为他们觉得自己失去了价值，对别人毫无用处，得不到社会的认可。假如有这样一种解决方案，让那些特别空闲的人把他们的部分时间分给那些忙得不可开交的人，则双方都可以受益。我打算利用自己的业余时间成立一个“交换圈”，让大家可以分享交换各人的特长、服务和用品，整个过程中都不再需要金钱的介入。我认为，通过这种方式，可以缩小贫富差距，并在社会中建立一种新型的人际关系。因为我们这个时代的供求关系并不平衡，所以我将这个“交换圈”命名为“供求交换中心”。

带着这篇文章我走遍了多特蒙德的报社，看有没有编辑对此感兴趣。结果第二天，关于我的倡议的文章就铺天盖地了，还附上了我的照片。

正当我为这个计划的实施绞尽脑汁时，忽然想到了几年来在每个城市里都有的“搭车中心”，它的规则其实大同小异：那些不愿或不能开车的人只要花上一点钱，就能搭别人的车去目的地。他们除了分担一部分汽油费外，还能给车主做伴，令旅途不那么无聊。这是一种既经济又环保的模式，因为载一个人也需要耗费同样的汽油，而现在可以把两到四个人一起带到目的地。“搭车中心”的服务广受欢迎，一些车主很乐意能有人陪着聊天，另一些则很高兴能有人分摊汽油费。

这种模式恰好和我的理念一致，那就是促进相互之间的联系，交流分享，合理利用资源。考虑到全德国到处都有“搭车中心”，我预计我的“供求交换中心”也能以同样的规模遍布全国。

不过我并没有打算从中牟利。我只想开个头，抛砖引玉，等整个计划走上正轨，我就可以从中抽身，寻找新的任务。不过事情并没有我想象得那么简单。

"供求交换中心"的开始

在关于我的文章见报后，许多对此感兴趣的人纷纷与我联系。我为每个人都做了一张索引卡片。我特意没有记录他们的职业、年龄等个人信息，因为我不想仅凭这些外在的因素把人分类，而是希望根据他们各自的兴趣、能力和需求来决定他们每个人能够提供什么和需要什么。但光想想或动动嘴皮容易，真正做起来可就难多了。

首批来电报名的是些家庭主妇，她们在孩子都长大成人后，便空闲了下来。因此她们对"提供服务"更感兴趣，基本上都希望去护理病人或者陪伴别人，就像她们日常生活中一直以来所习惯的那样。我请她们再去想想自己还需要什么，大部分人都否认了。在她们的字典里好像从来都没有"需求"二字，她们不需要别人为自己服务。我没有就此让步，这个活动不是为了利用闲着的家庭主妇去白干活，我想实现真正的交换，一种建立在平等供求关系上的互助互惠。

于是我费尽口舌跟这些来报名的家庭主妇做思想工作。我谈到"义工"的概念；谈到家庭主妇们被低估的社会价值，因为她们所从事的工作既不是一种职业，也没有工资酬劳；谈到妇女们在职业生涯中的困境……到了最后，有些报名的人终于犹豫地表示，她们可以在"需求"栏中填上一两项服务。大多数人填的是手工或园艺活。

劝说主妇们接纳服务需要如此费心尽力，这一事实令我陷入了思考。一开始我曾经预测希望“接受服务”的人应该比希望“提供服务”的人要多，然而事实恰恰相反。许多年以来这一直都是个主要问题。难道是因为教会宣扬“付出比获取更幸福”这一教义所致吗？在日常生活的语言中，“获取”也几乎被列为“偷”与“抢”的同义词，人们似乎总不愿与它沾边。

可对我来说，保持给予和接纳的平衡至关重要，这样才能让“交换圈”运作起来。尽管四处碰壁，我还是坚持自己最初的观点，只要想参与这个活动的人，必须在提供服务的同时，提出他希望获得的服务。我把每个人的愿望都登记在卡片上，刚开始的时候，我会把不同的顾客相互撮合，后来我发现这是个异常艰巨的任务。

起先，因为没收到什么真正“接受服务”的需求，我就把有相同生活背景的人安排在一起。有两位退休老太太，本来之间并无联系，恰好先后在电话里向我诉说她们在老伴去世之后觉得空虚寂寞。其中一位告诉我，她特别希望能在周末参加城市游览，但又不想独自去！因为听到几天前另一位老太太跟我说了相似的愿望，因此我就把她的电话号码给了后者，并且对她说：“如果你们成功地联系上了，请告知我。”两周之后，她俩一直都没给我音讯。最终我给其中一位打了电话，听到的却是这名愤怒的女顾客喋喋不休的抱怨，原来她俩在电话里就已经吵了起来，因为另一位只想教她做事。这位老太太希望马上从这个项目中退出。她觉得“供求交换中心”的活动并不适合她。虽然最后我还是劝她留了下来，但这件事确实令我陷入了沉思。

显然，在大家彼此不认识的情况下，交换一事难以运作。看起来，当务之急是让“交换圈”的“换友”们彼此熟悉起来。

两个月后事情有了进展。我在隔壁找到一处有待翻新的房屋，房东同意免我们的房租，并允许我们随时在这里聚会。作为交换，我们得帮他们翻修房屋。这对我们“供求交换中心”的成员来说实在是举手之劳，所以很快这事就搞定了。

从一开始我就有固定的办公时间，周一晚上六点到八点，周四早上十点到十二点，周五下午三点到五点，在这段时间内来电可以联系到我。现在每周有固定的“交换圈”“换友”们集会时间，每月的第一个星期二晚上八点到十点。这是最适合大多数人的时间，因为对于七十多名成员来说，大家很难同时凑到一起。

第一次全体集会

初次集会的晚上来了大约四十多人，三分之二是女性，三分之一为男性，这个比例在后来几年内也没怎么改变。我们在小厅中间放上桌子，让大家围坐一圈。正如我所希望的那样，每个人都可以看见其他人。一开始每人都必须自我介绍，谈谈自己想提供什么，想获得什么。非常有意思的是，我忽然发现，他们在这里能够达成一致并相互补充，这是我之前看不到的。正当我认真倾听的时候，角落里发出了一些骚动。三位坐在一起的年轻女士对他人的发言议论纷纷，音量还不低。忽然她们站了起来，不耐烦地告知大家她们要去走廊抽根烟，紧接着离开了房间。其他人决定让大家先暂停休息一下。

我走向这三位女士，感到她们相当不满。她们抱怨说，有些人一谈到自己希望提供的服务就刹不住车，尤其是那两位退休人员，特别能装腔作势喋喋不休。尽管我也发现不是所有成员都能够简单明了地表达自己的意见，但我不想打断他们，因为我认为每个人的发言都各有千秋，也让我挺感兴趣的。现在我遭到了这三位女士的齐声谴责，说我压根就缺乏深思熟虑，完全没好好组织，将流程安排得杂乱无章，简直就是一次浪费时间的聚会。

我愣住了，马上开始为自己辩解："我觉得我们不需要什么刻板的条条框框，只要每个人都自觉自愿认真参与就好，我对他们没有预期，而是静待他们能够给我以惊喜。"

我确实希望把所有想法都解释清楚，可偏偏不被理解。看得出，这三位女士也参加过别的协会，她们在那里体验过更高效的组织形式。我本想坚持反驳说："我们的'交换圈'是一种全新的尝试，我们想打造另一种新型人际交往方式。"可这是白费口舌。我觉得自己无力辩解，于是决定不再孤军奋战，而是放权给大家。

中场休息后，我请大家在自我介绍的环节中尽量长话短说，并且我宣布不再打算独自管理这个"供求交换中心"了。大家都表示理解，一致同意成立一个协会。刚才那三位怒气冲冲的女士主动提出承担筹备工作，比如筹建工作小组，寻找公证人等。我对这一切都没有异议，不过这个晚上也令我思考良多。

正如第一次聚会所显示的那样，这里的成员由形形色色的人组成，他们来自不同的社会阶层，职业和年龄各不相同——热衷政治的人遇见不问世事的人，退休人员坐在大学生旁，工人和知识分子坐在一起，衣着光鲜的美女挨着毫不起眼的"壁花"。

不仅职业不同，大家的性格也天差地别，内向社恐、古板拘谨的人忽然要面对夸夸其谈、装腔作势的人。这下有好戏看了。

对我来说，如此大杂烩似的集会为我提供了一个极好的机会，让我重新认识人与人之间复杂纠结的关系。我一如既往地寻求一种能够唤醒彼此真情的方式。我理想的社会模式应该是建立在包容与接纳的基础上。不再有压迫与强制，取而代之的是自愿自律，自我负责。

筹备小组建议"供求交换中心"的标志由六朵彼此相连的百合花组成，我马上同意了。百合花是爱的象征，"供求交换中心"应该以爱为本，尽管首次集会暴露了大家共处时的实际状况。我们的试验刚开场就迎来了负面打击，而并非正面肯定。许多非建设性的批评飞快地扑面而来，却很少有人能表示对我们的理解。普遍来说，人们更多关心的是利益而并非变革。谁越能贬低别人，就越能彰显自己的能力。那天晚上的集会还反映出另一个问题：人们总是根据一个人的作用去定义其价值，有贡献的人总是被人青睐，其他人则不受待见。然而，在"供求交换中心"，这一切将很快得到改变。

第一份名单

最初几个月，我坚持亲自填写会员卡。所有新成员的信息一律被登记在册，我坚持要求他们在交换成功后给我反馈，我会把相关信息连同日期一起登记在相应的卡片背后。可是得到的反馈少得可怜，我渐渐有些心灰意冷了。另外，我迫切希望能够运用现代科技进行管理。当会员总数超过上百人时，我就要用电脑来对“供求交换中心”进行系统管理了，或者让别人来帮忙做这件事。我们自己本身不就是属于“交换圈”的一员吗？

在我们第三次集会时，事情有了进展。我们圈里已有一百多人了，唯一缺的便是电脑专家。我坚信此人会在当晚出现。后来，当有个跑得上气不接下气的年轻人闯进来时，我见到他脱口而出的第一句话就是：“啊！我们的电脑专家来了！”果然，这位新来的年轻人确实为我们介绍了不同的管理系统，购置了电脑，他的专业知识在我们这儿正好派上了大用场。对双方而言，这都是个幸运的巧合，因为他刚刚失业，正好有足够的时间来为我们的“供求交换中心”构建相应的系统。

那天晚上我们决定，只把大家的名字和电话号码录入成员表。将来大家必须在登记表上签名，选择是否愿意公开自己的号码。只有两名女成员反对，于是她们的号码每次都会被隐去。

一开始，在“供求交换中心”常被讨论的问题是如何保障人们之间建立起来的信任不被滥用。这种顾虑不无道理，毕竟大家都是在与陌生人打交道。大伙儿认真讨论过多次，可是最后总是得出同样的结论，确实没办法给到真正的保障。最终我们还是觉得大家只能自己对自己负责。

一个周末，我和新来的电脑专家一起把索引卡上的数据登记进了电脑。我把之前所有存档的资料报给他，让他录入，然后我们一块儿商量怎样最有效地设计我们的管理程序。我们最初的表格里设计有“提供服务”与“需求服务”这两块，每种服务都按照字母顺序排列归类。

比如在“司机”这项所提供的服务中，有人愿意让别人搭车到外地旅游，也有人提供多特蒙德当地的用车，还有人愿意把自己的车借给别人用。这些都可以在“提供服务”一栏里找到。接着我们就把相应的和寻找司机有关的“需求服务”列在下面。在“需求服务”栏里登记的项目通常都是寻找清洁工或者手工业者，还有不少寻找日托或整周照顾孩子的。没多久我们就发现供求并不平衡。比如说，提供服务的成员里很少有手工业者，即使有，也并非专职人员，而只是业余爱好者。一段时间后，我们就只发放“提供服务表”，而不再使用那张完整的“供求表”了。“需求服务表”仅在集会的时候可以被传阅，到后来我们索性也弃之不用了。

用电脑管理成员资料对我来说是极大的解放。终于有人可以一起关注这里每天的动态了。当初那三位曾经颇为不满的女士后来在筹备组里一直从事着协会的组织管理工作，不过她们并不与成员个人打交道。原先新入会的成员只靠我一人来登记，改用电脑之后成员们就可以直接在计算机上报名了。交换活动并不受影响。清单每周发放一次，成员们可以相互随意交换服务，并不需要通过我或其他人。但我还是始终坚持让他们把交换成功后的信息反馈回来，然后录入电脑，以便我们了解情况。

我俩在电脑上的共同协作给我带来了极大的乐趣。我后来一直在想，没有压力，没有强迫，究竟是什么令成员们干劲十足又如此专业地处理好分内的事呢？我们一起反复修改并搭建起了新的组织结构。即使观点不同，大家也能在友好的气氛中详细讨论，最后总能找到一个解决方案。工作就应该是这样的啊！不过，在某个观点上我们一直存在分歧，即便到后来也不能达成共识。

“供求交换”与金钱

在成立“供求交换中心”的时候，最令我头疼的就是金钱的问题。我确实看到，全世界都是在金钱的操控下运转，一旦经济出现了混乱，人们的生活水平便会急剧下降。我常眼睁睁地看着有些人在贫困中艰难度日，苦苦挣扎无法解脱。在“供求交换中心”，不同以往的是，交换行为并不需要通过“一手交钱一手交货”的方式用金钱来交易，因为它存在的基础是一种全新的模式。正如我开头所明确的那样，“供求交换中心”不应该与金钱沾边。尽管如此，我还是从每位成员那里收取二十马克，充当入会费，用来支付我的电话及一些其他费用。收入与支出我都会记录在一本小本子里。当然我不会很严格地锱铢必较，相反，我经常睁一只眼闭一只眼。

以前我常常在商店里看到这种情况，有人仅仅因为少带了五分钱不得不把商品放回原处，我为此非常不满。有一次乘城际快车时，我看到有一位年轻女子被勒令下车。她并不知道坐那趟快车必须付一项额外的附加费，加上身边没有德国货币，所以无法补缴。她是一位音乐家，正准备去参加一场音乐会。她的朋友为她买了车票，可是忘了付附加费。她绝望而徒劳地试图向列车员解释，想让他了解准时到场对她有多么重要。最后，我看不过去了，为她付了那六马克。姑娘对我感恩戴德，而列车员却非常吃惊，完全无法相信我居然把自己的血汗钱随便送给一个毫不相干的陌生人。类似的情景时常在我眼前出现，可见在我们的社会结构中，几块钱的地位和作用有多夸张。

我想另辟蹊径。我希望在对金钱的运用上灵活处理，不要那么刻板。但我的计算机专家并不认同这种金钱观。我俩原本相处得非常融洽，直至他对我处理金钱的方式产生了怀疑。当他发现一百多名成员中有一半都还没交纳二十马克的入会费时，当即气得暴跳如雷。他无法领会这背后的仁慈悲悯之心，只是一味觉得我对工作实在太敷衍。在接下来的那次“换友”集会中，这个尴尬的话题被重点提了出来。我不知所措地看着大家异常激烈地唇枪舌战。那些还没有付钱的人被直言不讳地说成是寄生虫。有位刚加入我们协会还没来得及缴费的年轻土耳其妇女觉得受到了人身攻击。作为抗议，她要求永久退会。不管我再怎么尽力调解都是徒劳。只要一扯上钱，我那些“交换圈”的“换友”便不再友好了。

在“供求交换中心”成立的头四年里，我的主要困境在于无法充分传达自己的观点和理念。每次我只能干巴巴地用同一套说辞辩解道：“检验试验的结果需要时间啊！”但这样的话语一直是那么苍白无力。于我而言，这个交换中心是一种试验，自然没有人知道它将何去何从。然而我明白，它的特殊意义在于它有助于让人们变得慷慨仁慈、公开坦诚，同时能促进一种全新的人际交往方式，以及对待金钱态度上的全新价值观。我知道有些会员家境窘迫，因此有时候会塞给他们一些钱，不过并不全是拿我自己的钱。有些时候我会从“供求交换中心”的预算中拿出一些。虽然我认为这种“给予”，恰如其分且有意义，但几乎所有其他会员都坚决否认这一点。

在我们首次的年度会议中，这种不认同与不理解达到了极点。尽管每位成员在协会成立时都已达成共识，赞同要持有一种全新的金钱观与物质观。然而，当最后发现账目不平的时候，还是掀起了轩然大波。我实在不理解他们为什么要这样斤斤计较。我们不需要向谁提供财务报表；如果没有一定的盈利，税务局也不会来审核我们。那究竟有什么问题呢？为什么想要改变旧的制度竟然如此困难？我们到底在坚持什么？

结算

在那次重要集会的半年后，有位大学里的年轻女士找到了我们。她正在做一项关于生态与环境的研究，其重点便是寻求一种解决工作与环保的新方式。她也了解了一些国外的“交换圈”。在英国，类似的“交换圈”已经存在十年了。她向我们介绍了一些那边的经验。那次会面的主要话题是“结算”问题。她解释道，如果我们的“供求交换中心”不想再局限于单纯的邻里互助，而想要具有一定的政治影响力，那我们就不能回避精确的结算方式。为了给我们演示，她从英国带来了一张表格，那里的“换友”们会把他们的交换记录登记在表格中。在英国的“交换圈”里有一种人造货币，由会计部门进行收集和管控。

光是这种被监管的想法就让在座的大部分人高唱反调：“我们不要监控，我们要自由和快乐！”不过也有些成员赞同这个新主意。最终我们达成了一个折中方案，设计一种交换券，上面记录每个人每次交换的细节，比如交换日期、交换对象、交换内容、积分正负、当前结余。从此我们在发放“提供服务表”的同时会附上一张这样的“交换券”，每个人凭良心自觉填写。每小时的工作可以换来两分，我们管这种分叫“多兹”，一方面它的原意是“点数”，另一方面也暗指多特蒙德。“提供服务”的记为正分，“接受服务”的则记为负分。谁不想换算也可以不参加，这种自我管理一贯是自觉自愿的，将来也应如此。

这种折中方案于我而言是一个重要的突破。不久以前，我还对“供求交换中心”的“失衡”感到不满，提供服务的人明显比接受服务的人多得多。光看我自己的结算，大概三十周以来，我至少每周会在这份工作上花去六个小时，前一阵子甚至超过了十小时。而我很少去使用别人提供的服务。我个人的供求平衡已经明显被打破了，因此我极力赞成“交换券”这种新形式。于是我在供求清单里积极寻找吸引我的服务项目。我找到了一位前不久刚在我们这登记过的西班牙女孩，她并不会说德语。我和她说好请她帮我温习西班牙语。我们在城中碰面，我带着她到处参观，向她用西班牙语解释德国的种种习俗。如果我哪里说错了，她便会纠正我。整个下午我们谈笑甚欢。后来我请她到我家做客，我们一起做饭一起用餐。之后我们拿出交换券开始结算。我们一起共度了四个钟头，我的西班牙老师原本可以得到八分，不过那还没有抵扣我的付出——我提供的食物以及在市内导游和讲解服务。她觉得我的算法很荒谬。这原本是个多么美好的下午啊！结果被这通算来算去给搅黄了。但于我而言，结算并不是随便闹着玩的；重要的是，我自己总算也参与其中了。我们最终达成一致，她得正三分，我负三分。

从那以后，我努力把积攒的积分尽可能兑换掉，这极大地改善了我的情绪。我开始记下我自己的交换经历，起初只是写给自己看，为了排解失意并积累经验。后来有一位经验丰富的平面设计师加入了我们的协会，他有设计宣传册的丰富经验。我决定把我的点数在他那里兑换成服务。他为我排版了我的《无钱幸福》系列文稿，后来我花钱将它们印刷成书。花的是真金白银，印刷厂毕竟不可能接受我的积分，至少目前还不能。在成功换来《无钱幸福》一至三册的排版文件后，我又如法炮制，又向他换了第四册和第五册，于是现在我也有了自己可用于赠阅的作品了。

说到分享美食，在“供求交换中心”是最容易实现的。在“烹饪”这一栏里有特别多的服务，比如希腊菜、土耳其菜、波斯菜，当然还有德国大餐。另外，还有烘焙师愿意提供的新鲜面包，农民们也把他们自己种的水果蔬菜带进了“供求交换中心”。我也毫不客气跟着沾光，明显感觉比以前节省了很多开支。这样一来，也意味着我可以减少自己的工作时长。因为作为自由职业的心理医师，我可以自己决定上班时间，从而可以为“供求交换中心”做更多事。渐渐地，我的工作重心也开始转移了。

通过交换券，我找回了供求关系的平衡，不需要别人帮忙调控。从每天的自行抵扣中我找到了乐趣，也向别人推荐这种做法。少数人跟我学了起来，大多数人还是觉得自行抵扣是多此一举。

冲突

“供求交换中心”从一开始就不是个大家和睦相处的世外桃源，但彼此之间的争端一直在推动我们前进。和这个国家其他地方的人有所不同，除了在项目刚开始的时候外，我们之间很少为金钱的纠纷而争执。自由市场经济的规则简单明了，优胜劣汰，受不了就卷铺盖回家。竞争随处可见，对手无处不在。比起这样简单直接的游戏规则，我们这里其实更难管理。我们不想有绩效压力和竞争，只是想发现并尊重每个人的价值。我们的信条是，天生我才必有用，人人皆可做贡献。

没有外部评定，全靠自我评价，由此带来的隐患是成员之间容易产生矛盾冲突。缺乏监管压力对我们来说是个不小的挑战。对于新会员提供的资料，我们没有进行任何相关的审查，也没有专人去核实，每个来报名的人都可以在任意一栏里随心所欲地填写。只有一些性命攸关的重要项目除外，比如有人说他是一个专业电工，他就必须证明自己具有相应的职业资质。虽然我们渴望给大家自由，但我们并不希望谁家的房子被烧毁。对于其他领域的申请，我们则不进行任何审查，而是放手让成员们自主参与，让他们展现自己在这个共同体中的价值。但这很快成为成员之间产生矛盾分歧的焦点。

一名新的女会员就曾有过不愉快的经历。她希望在周六打理一下花园，所以先后联系了“交换圈”里的两个人，那两位都声称能够胜任。结果第一个人压根儿没出现，第二个人一去就光顾着侃大山。他有心理问题，与做园丁相比，他更愿意同别人聊天。他喋喋不休地自说自话，发完一通牢骚后已经筋疲力尽，几乎无法工作。这位女士又在“供求交换中心”徒劳地尝试了一番，希望能解决生活中的实际问题，最终还是失望地离开了。期间，她还尝试过直接和别人交换，因为“供求交换中心”规定用第三方服务去抵扣“欠债”，这对她来说根本行不通。她需要一位清洁工，每周打扫三小时卫生；作为报酬，这位清洁工可以在她那里上三小时瑜伽课。原本这是一个公平的交易，可问题在于，并不是每个人都会打扫卫生。虽然打扫室内卫生也不是一项有多高技术含量的工作，但清洁工至少应该有点工作经验。否则，如果一扇窗户被擦过之后，上面全是一道道印子，让人从窗里看不到窗外，那有什么用呢？另外，如果有人花了三个小时来做原本半个小时就可以完成的工作，又有什么意义呢？最后，这位自告奋勇的“清洁工”自己终于也意识到了这一点，主动放弃了。这位可怜的前“换友”最后只好花钱雇了一位专业女工，把窗户擦得又快又好。于是她就和“供求交换中心”说拜拜了。

还有许多这样的例子，我们集会的时候也曾多次讨论这类问题。我们一而再再而三地强调，不要提供自己无法胜任的服务。可是如何确定“胜任”的标准？干活要多快才算达标？那样的话，对于那些整个节奏都和正常人不一样的残疾人来说，又如何来衡量？

结果又回到了我们最初定下的规矩，在我们这里谁也不需要提供任何证明，因为这儿的情况和市场经济不一样，强调的是大家互相帮助的精神，而不是要做出多完美的业绩。实际上，多数参加者最大的目的是与别人进行交流，从这个意义上来说，“供求交换中心”可以算是成功的。我们的目的在于消除人与人之间的冷漠与隔阂，为改善社会形态做贡献。对于能力与才干的问题，我们希望大家能够宽容和谅解。但问题在于，我们自然会对别人提供的服务有所期待，但我们的模式必须这样运行。不管怎么说，我们还是要提供一些有用的服务。

其他“交换圈”里也存在同样的问题。外地的一个“交换圈”里有人告诉我，有两位成员同时参加了一项房屋维修工作，其中一位是训练有素的油漆工，一口气刷了五扇窗框，而同时另一个人只刷了一扇。所有人都不约而同提出了这样的问题，这种不同的工作效率如何计算？用小时作为结算单位岂非不合理？

很多成员离开了协会，就是因为这类问题对他们来说并不能得到合理而圆满的解决。习惯了平时职业生涯中的另一种计价方式，这些人觉得我们这种以小时换小时的游戏规则完全不公平。有一位在现实生活中每小时能挣一百马克的治疗师抱怨说，为了兑换另一位成员手工缝制的一个人偶，他不得不花掉了自己很多“多兹”，两者的价值简直不能对等！虽然这个人偶也确实花了制作者好几个小时的工夫，但他觉得那不关他的事。后来他气冲冲地离开了协会。我们的团体中确实有大量人离去，跟这些难以明确回答的问题不无关系。我们是在进行一项全新的尝试，还没有制定健全的规则，这确实会对多数成员造成困扰。其中有很多人又回到了原来的生活轨迹中，忍受着它的局限与不适。不管怎样，取舍都由每个人自己决定。

争端的解决

我在“供求交换中心”中多次被触及了底线。尽管如此，我还是认为大多数成员都像我那样，渴望一个更好的世界，希望人与人之间更加和睦相处。以前我总是很坦率地表达意见，因为我对事不对人，大家只需对自己做的事负责，我们的目标是提高大家的整体觉悟。我的朋友们已经习惯于我这种过于直接不够圆融的表达方式，我们总能达成共识。而在“供求交换中心”，情况则不同了。我无法消除人们之间的不信任。我的观察和结论不被人理解，无助于解决争端，反而变成了火上浇油。我多次被推上争论的风口浪尖，倍感难受。

在我们的协会里，大家很少开诚布公地解决问题。相反，气氛总是很沉闷。人们离心离德，而我总是饱受非议。我被指责试图把一个以实用为目的的团体改变成一个自娱自乐的组织，但这其实根本不是我的本意。我想建立人与人之间的信任关系，从而形成一种强大的凝聚力，去打破旧体制，建立一个崭新的世界。单纯的交换对我来说意义不大。

当然我也会顾及大家的意愿，不去勉强任何人，可我毕竟不想背离自己的初心，所以事情越来越难办。我开始写些小故事，发给别人看或者念给别人听。有次聚会上我甚至还在大家面前表演了一个故事。我在屋子中间放了把椅子，坐在上面，开始抱怨“供求交换中心”，诸如办事拖拉，看不到一点成效等等。然后我站到了椅子右边，扮演一个苛刻的“海德玛丽”批评家。我大声嘲笑“协会管理层”做事无章法，建议起草新的章程。之后我又站到椅子左边，迅速进入另一个角色，大唱赞歌：“这里如此自由宽松，没有规章制度和条条框框，这样的协会真棒！”最后我又重新在椅子上坐下，以我的立场对各种观点进行评论。这种形式很受观众认可，我们对相关话题进行了长时间的讨论。

我总是能从之前的会员那里听到如果交换不成功的话他们就会退出之类的抱怨。我对此类抱怨很反感。大部分人的“挫商”太低了。面对困难，他们没有进行讨论，而只是一言不发就退却了；不是积极参与，耐心共建这个新的社团，推动事情良性发展，而是直接走为上策。无论协会人数多少——尽管通常来说规模也很重要——我都希望协会成员们愿意去真正构建一种新型人际关系。也许“交换节”能推动我们走得更远。

交换节

为了寻找突破口，我提议举办“交换节”。我们的首次节日在大家经常聚会的邻里活动中心举办。这栋房子通常都会被别人预定，幸运的是，我们如愿以偿地订到了它某个周末的使用权。因为管理者喜欢我们的协会，所以尽量帮了我们这个忙。一位社工为我们画了广告牌，在开幕的几日前就挂在了大门上方。我们可以使用厨房和其他几个小房间。另外，管理员还帮我们一起布置、打扫和清理房间。大家的相助令我十分开心，这个邻里活动中心让我忽然有了家的感觉。

在开幕的前一天晚上，每一个具体的节目都安排好了。我们决定，主要环节是把“提供服务表”上的各种服务介绍给大家。我们的电脑工程师在一个角落设立了计算机角，向有兴趣的参加者介绍这一新科技。我们团队中的一位女士刚好参加了一次环保及垃圾处理的研讨会，迫切希望将新学到的知识与大伙儿分享。两位登记过可以教美术课的女士愿意给大家上一节绘画入门课。小房间里则展示着最近在电视中播出的两个关于“供求交换中心”的报道。在另一个小房间里，我们展示了各种不同的疗愈法，比如足浴按摩、占星卜卦、植物疗法等。几位协会里的写作爱好者希望把他们写的故事读给大家听。除此之外还有吉他弹唱。几位家庭主妇承诺供应咖啡和点心。简而言之，大家摩拳擦掌，热情洋溢，共同期待着我们的首次盛会。

一切都进行得非常完美。活动中心的大门为我们敞开，管理员已经做好了准备,“提供服务者”们积极布置着他们的摊位。万事俱备,现在只缺“接受服务者”了。两小时过去了,一个客人都没来,到场的几乎都是“提供服务者”。这就是我们“供求交换中心”面临的问题——始终都是供大于求。

我们索性利用这个节日展开了交流讨论。谈到缺乏“接受服务者”这个棘手的问题,确实大家都觉得,对于大部分人来说,提供服务比接受服务要容易得多。接受别人服务的感觉就好像欠了债一样。没有人可以预测,何时能在供求之间达到平衡。许多人白白攒了大量积分,相比他们获得的服务,他们为协会贡献了更多的时间。由于我们彼此坦诚相见,畅所欲言,最后大家终于分析出了关键的原因,那就是当你提供服务的时候,你觉得自己是个强者;相反,当你享受别人提供的服务时,你感觉自己是个弱者。

之后我们讨论了关于贫困的话题,谈到本市那些为数众多无人帮助的无家可归者。忽然间所有人都达成了共识。之前因为参加节日的人数不够令我有些沮丧,现在我又受到了鼓舞,重新振作起来。终于!我终于如愿以偿地看到了大家的信任、坦诚和干劲,看到大家愿意一起将这个试验进行下去。

总体来说这是成功的一天。参加了环境研讨会的女士把她的知识分享给了大家。弹吉他的女士为我们唱歌伴奏。我们看了电影并展开了相关讨论。之后两位成员为大家读了她们写的小故事,其中一位把自己感动得不行,以至于无法将它念完。可是没有人嘲笑这位“弱者”,相反大家都鼓励她。另一位女士接着把这个故事读完了,之后大家非常有感触地展开了讨论。

第二天，那位念不全稿子的女士给我打了个电话，她说通常这种情况会让她很尴尬，可是昨天晚上她一点都没觉得，反而感受到了大家对她的理解和尊重。她反复强调说，这是在其他团体里感受不到的。在别处她会一直刻意压抑自己的真性情。我衷心感谢她的坦诚与信赖。这个节日给了我希望。只要我们继续相互信任，我的理想——创造性地建设一个社团，让其中每个人都被包容接纳，都能体现自身价值——就可能真的实现。但是，当报纸上登出了一篇关于我们节日的图文报道后，我的心情又沉重了起来。整个聚会看上去像一场非常舒适的小资聚会，丝毫感受不到其政治公益性。我们的下个节日应该有所改变。

几个月后，我们再次在邻里活动中心举行了一次盛会。这一次，管理员开放了全部房间供我们使用。大家又开始布置摊位，有咖啡、饼干、冷自助餐和饮料。人人都不需要花钱，每个人都可以畅吃畅饮。有一些桌上甚至还摆满了商品，就像一个跳蚤市场，任何人都可以在这里免费挑选。

这次盛会来了一百多人，其中有很多是慕名而来的新人，其中许多人后来也加入了我们协会。这是一场热闹非凡的聚会，大家畅所欲言，每个人都觉得很开心。陌生人相约参加集体活动。三位女士临时决定共同搞一次周日的野餐，其中一个开车，另一个准备了装满食物的野餐篮，剩下的则负责规划郊游路线。还有两位单亲妈妈决定相互定期交换照顾孩子。大伙儿都特别兴奋。集体的热情真的可以被带动起来，长期的信任关系也可以在娱乐中建立起来。我们再接再厉，举办了更多次盛会，那些晚上大家甚至还一起翩翩起舞呢！

“供求交换中心”之家

现在我们终于成了一家人，既然是家庭就必须要有真正的住所。目前我们需要一个固定的活动场所，关于这个话题大家讨论了很多次。一直以来，我们只能以这样的方式将就——固定的接电话时间、每个月的碰头会、几次“交换节”。然而现在这一切已经满足不了我们的需求了。为了让协会能进一步发展，我们需要一个可以随时自由出入的场所，大家对此意见一致。

一天，有位女会员问我是否有兴趣将协会搬到她所在的公司去。那里有宽敞的大厅，可以布置起来接待新会员。“我们是否有兴趣？”这还用问吗？竟然有这样的好事！那房子地处市中心，已经有一个协会在那儿办公，附近大学的大学生们也经常在那里集会。一楼甚至还有一间空置的起居室。

一开始我们只能使用大厅的空间，我们在那里放置了一块“供求交换中心”信息板。接下来我们和大楼里的其他用户交上了朋友，并且很快就在一起策划活动。起先我们把一楼那间空置的住房翻修了，然后和大学生及另外一家协会一起将其改造成一间网吧。由我们“供求交换中心”每周提供一次咖啡和饼干，由大学生们配置电脑。

我们又增加了新的同伴，除了退休人员、家庭主妇、单亲母亲，以及那些“供求交换中心”下午有空的会员，现在还有很多大学生参与了进来。这个混合的群体构成了一幅色彩斑斓的画面，令我非常开心。这不就是我一直以来的愿望吗？我希望能够消除隔代人之间的可悲代沟。只可惜半年后，这种丰富多彩的生活就结束了。因为冬天来了，我们不得不撤出了那些几乎没有暖气的大房间。

好在网吧里至少还有一个能用的厨房，每周我们都在那儿聚餐。食材每次都会事先准备好，每个人都得带些东西。美食聚会的参加者总是在变动，不过有些人雷打不动地每次都会出现。其中有些是失业的年轻人，对他们来说这一天渐渐变得非常重要。到最后我们不再是每周一次，而是每天举行。有一些孤独的退休老太太也参加进来，她们很高兴能交到新朋友。

除了聚餐外，有一些单亲母亲还成立了一个打击乐队。其中一位把她们的乐队比喻成自己理想中的社会——在这里每个人都可随心所欲地自由击鼓，可同时又能保持着总体的和谐。“每个人都能听到彼此的声音，每个人都有机会改变节奏，一切都是那么轻松自在，无拘无束。”这些话真是说到我心坎里了。

另外，我们每周都聚在一起共同读书，然后集体讨论。此外还有静坐和冥想的活动。有一位女士为我们剪头发，另一位成了我们的“家庭裁缝”。丰收的季节到了，有人提议带一组人前往各个果园帮忙采摘多余的水果，以解救那些忙得不可开交的园主。我们忙着采摘、分类、熬果酱，把亲手制作的几公斤果酱送给需要的人。这是一次很棒的活动，得到了公众的认可与好评。当然，还有足够的水果可以用在我们共同的聚餐日上。

与饮食相关还有许多类似活动。两年来我们在那所专科学校旁边的房子里发放的全麦面包可以堆成小山了，那是附近的一位面包房主捐赠给我们的。另外我们还举办了“快换”活动，这是一种建立在供求关系上的跳蚤市场。某人将他闲置的物品带来，可以换走他想要的其他东西。这又一次贯彻了我的理想——交换与分享，给予和接纳，一种持续互动的人际交往关系。

可是当我们被要求离开这栋房子的时候，我并没有感到怎么难过。一直以来我心中总有一种隐隐的不安。这一切已经进展得很好，但是对我来说还是不够。虽然我们的“供求交换中心”名单上已经有了几百个名字，可真正一直活跃着的只有小部分人。对大多数人来说，“交换圈”并非一场改变价值观的试验，而只是他们参与的一个普通协会而已。这样的作用并没有很大的意义，我和这些人一起合作还是无法改变这个社会。因此我必须寻求一些新的改变。

第三章　试验继续进行

不花钱过日子的生活

我被激怒了。我不得不又一次听到协会成员失望地抱怨："与陌生人的交换根本行不通。那些在'提供服务表'上登记的人其实对交换本身并不是真正感兴趣，大部分交换都没法实现。"

到底该怎样做才能把我的理念传达给所有会员呢？——和陌生人交往并建立信赖关系，和他们交换，与他们分享，一起享受乐趣，最后与他们成为朋友，这些都是极有可能的！那位著名的教育家说过，成功秘诀是什么？人们必须去实践自己的想法，让它从理想变成现实！这样想来，如果我能把自己的理想真正百分百转化成实际生活，彻底不再依赖金钱，那又将如何？如果我把自己变成一个活生生的例子，或许能唤起其他一部分人的勇气？啊，这种事怎么可能呢！我沮丧地给自己泼了盆冷水，在我们这样一个连上厕所都不能免费的社会，怎么可能去实施这种想法呢？我最好还是把这种异想天开的念头赶紧收回吧！

可这想法一旦产生，就挥之不去了，令我如芒在背，坐立不安。当我的一位朋友外出度假，请我帮她浇花时，我立刻陷入了沉思，也许我可以退掉我的住房，当其他人出去旅游度假的时候，临时住到别人家，这样一来我就不再需要付房租了，而别人的住所也能得到更充分的利用。嗯……反正我的朋友说了，她不在的时候我可以随意住在她家。浇完花后，我坐在她的客厅里。这儿真漂亮！我怡然自得地小坐了片刻。可忽然间我感到浑身不自在，跳起来收拾好自己的行李，逃也似的回到自己家中。果然不行！我暗自寻思，打消这个念头吧！你自己也知道，人人都需要有个属于自己的独立空间！

不久之后，有一位“供求中心”的女士请我帮她照顾三天小狗，早晨和傍晚要替她遛小狗“蓬蓬”，白天狗狗可以独自呆在家里，可是夜里需要有人陪着它。我对她说，我一待在别人家里就总是觉得不舒服。她于是教了我用鼠尾草枝净场的方法。她强调说，只要用鼠尾草枝清除了其他人的能量场，我就会感觉浑身自在。我听从了她的建议，毕竟这是她的家。我把点燃的鼠尾草枝插在每个角落里，渐渐地，我感到整个家里都充满了我自身的能量。这三天过得特别愉快，我不再迫切想要回家，“蓬蓬”也成了我的好朋友。

慢慢地，在“交换圈”里大家口口相传，说海德玛丽随时都愿意去帮那些主人临时外出的家里拉百叶窗、浇花、喂鸟什么的，或者干脆那段时间就搬进去住。渐渐地，我变成了专业“看家人”。在这个过程中，我对看家这项工作越来越轻车熟路，知道自己必须做些什么，在哪都可以把那儿当成自己的家。不需要固定居所的念头对我来说忽然变得不再是异想天开了。可是，对于不靠金钱过日子的计划来说，不需要付房租只是其中第一步。每月的另一项大头开支就是医疗保险。这个我实在没法放弃。每个人都需要有医疗保险，难道不是吗？

多年来，牙医在我的生活中不可或缺。自从我搬到多特蒙德以来，以前没出过问题的牙齿经常找我麻烦。我总是要去看牙医，自己都不能解释为什么，我到底啃过什么玩意才把牙搞成这副样子？

然而有一天情况发生了改变，医生居然告诉我："一切正常！请您半年后再来。"六个月后又是一切正常，下一次检查亦是如此。我觉得这太不可思议了！于是认真盘算着要停交医疗保险。除了牙医，多年来我也不需要看其他的病。此外我还有一个朋友正在做实习医生，紧急情况下还可以求助于她。那些日子以来，我的内心也变得更强大了。我不再担心自己不靠医疗保险是否可以继续活下去，现在的问题变成我是否能被允许不买医疗保险？在法律上是否有相关的规定？是不是每个人都必须买医疗保险？

可我一贯有种不达目的不罢休的劲头。后来有位女士要去美国两个月，当她请我帮忙看管房屋时，我把所有的顾虑都抛之脑后。可以开始我的试验了，我希望在没钱没家产的情况下生活至少一年。

和财产告别

我以前也经常换地方住，所以我知道搬家有多麻烦。以前搬家的时候我已经开始断舍离。我养成了将读过的书马上就送人的习惯，所以早就把几百本书都送了出去，手上只留了少量几册。对于衣服也一样，每买一件新衣服，我就会把一件旧衣服送人。虽然我的私人物品已经所剩无几，可我还得好好想想该怎么处理它们。首先，客厅里的那个大沙发让我尤其头疼。正当我望着它出神的时候，听到楼道里传来脚步声。我的邻居小伙子下班回来了，我拦住他问他是否想要我的沙发。邻居喜出望外，把这件大家伙拖进了他家，又给我减轻了一个负担。

我们楼层的一位年轻女士拿走了我的床，柜子则被另一位邻居抬走了。我把桌椅送给一位朋友，把新地毯送给了另一人。有位女士愿意把她几乎长期空置的住房借给我，万一我没地方住的时候可以应急备用，因此我把我贵重的青春艺术风格派写字台送给了她，作为提前支付的房租。

渐渐地，在那将要成为我的"旧居"的楼房中，周围的十户邻居几乎都被我招呼上门了。我让他们随意挑选自己需要的东西，他们总是吃惊地问我是否真的不用付钱。那台本来就该扔掉的旧冰箱被我放在了走廊上。只放了一天，一位手工爱好者就看中了它，我自然求之不得。我们楼里的一位新入学的女大学生很开心地把我最后那箱书也搬走了。我的台灯、装饰画、植物、黑胶唱片、CD、瓶子和其他"奢侈品"都很快顺利易主。赠人玫瑰，手有余香。对我来说能够把东西赠送给更需要的人，是一件非常快乐的事情。

最后剩下的只有我那几乎全新的衣柜。一位朋友提出可以替我暂时保管，万一我什么时候想要还可以收回。我犹豫了很久，最终接受了她的好意，保留了那个柜子。我可以把一些不愿丢弃或转让的物品保存在里面——私人文件，自己的旧作、两本照相簿，一些冬季的保暖之物。我正发愁这么重的衣柜怎么搬运时，电话响了，有一个熟人问我是否需要用车。我当然愉快地接受了这个意外惊喜，于是我的最后一件家当就这样光荣上路了。

后来那几年，这个衣柜对我来说非常重要。它给了我故乡或家的安全感。每次当我需要它的时候，我就会去拜访替我保管它的那户人家。有时我会在那儿过夜，每次都觉得非常温馨。我原本一直想把这最后一件物品也送掉，可一直都没能实现。就好像进行一次长跑那样，最开始的那段路轻而易举，越到后面越是举步维艰。我知道其实我已经不再需要那个衣柜了，可是心中总有一种力量阻止我和它彻底分离。

其他物品的断舍离就相对容易多了。每处理掉一样东西，我都会在内心欢呼，又摆脱了一件累赘！我本以为自己在家当送光之后可能会后悔，结果完全没有。相反，我觉得自己比以往任何时候都富有。我赢得了一件瑰宝——自由，一种迄今为止我只有在那些旅途中才能感受到的自由。

取消医疗保险

许多其他国家的人都很羡慕德国的医保制度。当然我也非常认可这种医疗保障的社会价值。另一方面，我又觉得，正是因为每个人随时都可以去看病，也造成了大众对于现代医学无法摆脱的依赖性。人们因此而忽略了纯植物草药、健康饮食或者其他疗法，虽然这些知识在研讨会中也会被提及，但日常生活中几乎没人去试。相反，整个国家的人越来越依赖那些白衣天使——我自然也不例外。可事与愿违，童年的我经常生病。我只要一感到疼痛就常常晕厥，很可能是因为当时的我太脆弱、太无助。这种情况常常令我极为不适，可没有办法，医生们也束手无策，根本无法解释我的症状。

长大了以后，我觉得自己的昏厥是因为恐惧。“失去意识”即意味着任人摆布不用承担责任。我一直害怕对自己的行为负责，害怕暴露自己的弱点。当我无法驱散也无法改变这种恐惧时，我决定直面它，接纳它，与之和平共处。

二十年前，我要做个除胎记的小手术。手术前我自然又陷入了恐慌，在去诊所的路上就已经吓得大汗淋漓，觉得自己马上又要昏过去了。那时候我正好在学“完形心理疗法”，是时候学以致用了。我不再像以前那样与恐慌对抗，而是像面对真人那样直面它，并对它说：“你好，恐惧！我现在让你陪伴我，我会重视你，接纳你！”当然，脑海里的对话是无声的。这种想法确实令我镇定了下来，我又可以顺畅地呼吸，那种任人摆布的感觉也消失了。

在诊室里我继续和自己玩这个游戏。我要求我的恐惧随意自便，爱看啥看啥，爱干吗干吗。不可思议的是，在整个过程中我都没觉得头晕恶心，就连可怕的麻醉针也没把我吓倒。我顺利挺过了这一切之后，想要衷心感谢我的恐惧，可它早就不知去向了。

后来我时常与我内心的恐惧直接对话，借此更好地处理一些困境。长期以来，我也是如此处理疼痛。把它们当作访客，虽然不期而至，但毕竟还是客人。一般来说，它们过一阵子就会自行离开。对于疼痛，我觉得另一种处理方法同样有效，那就是有意识地关闭感官，让自己沉浸在冥想中。

我第一次运用这种方法是在牙医那里。出于礼貌，他问我是否需要麻醉。我对这个问题非常恼火，还用问吗？治疗不打麻药对我这种如此怕疼的人简直要命了！难道要我效仿英雄烈士吗？医生刚要给我打麻药，却被一个紧急电话叫走了。他前脚才走，我内心便出现了一个声音，仿佛在向我试探："你现在终于可以不用麻药也能忍受些许钻牙齿的疼痛了。"这个声音无视我的愤怒，继续向我强调说："痛苦可以令人成长。"它坚持劝我利用这个大好机会锻炼自己，超越自我，不许退缩。我最终妥协了，决定试一试。牙医重新出现了，为刚才的插曲向我表示抱歉，并抽出针筒。我告诉他我已改了主意。他对我的英勇决定表示非常吃惊，并向我保证，一旦我疼得不能忍受他就会马上停止，我只需抬抬胳膊示意他即可。

那张舒适的治疗椅把我带入了一场神奇之旅。我的意识忽然把我带到了一个广阔无垠的高维空间，在那里我可以无拘无束自由徜徉，浸润在无比的清明自在中。我在冥想中也曾进入过这样的境界，没有干扰、没有痛苦，一切紧密相连，万物融为一体……那个将我与生命本源相连接的声音又出现了，告诉我："你的任务完成了！"当牙医同我告别时，我完全无法相信所有一切都结束了，整个过程我都没什么感觉，这简直是个真实的奇迹！

取消医疗保险没有任何问题。我抱着为了退保而与保险公司进行争论的心理准备，忐忑不安地去找我的保险公司。出乎意料的是，他们二话没说就允许我退保了。我拿到了相关的材料，搞定！离开那栋楼的时候，我觉得自己从未如此轻松。

第一次住进“陌生”的家

到目前为止一切都如我所愿进展顺利，然而下一步该怎么办？我会不会像亲朋好友所预言的那样，不久之后就悔得肠子都青了呢？我是不是操之过急了呢？我难道只是打肿脸充胖子，尽管内心早就叫苦连天？然而我确实无怨无悔，只感到极其放松平静。我喜欢我的新家，那儿有个超大的阳台，还种了许多盆花，我尽心尽力地浇灌它们，累了就在阳台上美美地小憩。新家无可挑剔，我在十楼，没有邻居打扰，舒服自在。尽管如此，也还是过了一阵子我才真正有了家的感觉。

首先，我在每间屋里都插满了鼠尾草来净化室内气场。每晚我都会听音乐令自己放松。这些CD里有一些是我拥有过的旧相识。我还在书架里找到了一些有趣的书。我总能有事可做，感觉不到预想中的巨大空虚。作为一个身无分文的无家可归者，我通过了这次考验。

我的第二处临时住所是在乡村的一间小房子。这里很难得能听到汽车声或看到车辆，取而代之的是一座大花园。一株芬芳盛开的花木在门口欢迎我，美其名曰“天使的小号”。我享受着花朵的绚烂，树叶的低语，清晨鸟儿的鸣唱。在这里我也找到了有趣的书籍，听我从未听过的音乐。我觉得自己非常充实安定。有时候我甚至放任自己被感动得热泪盈眶。我能感受到我的人生梦想变成了现实——浪迹天涯，四海为家。

新生活慢慢上了轨道。白天我在供求交换中心工作；晚上，我回到的不是自己家，而是一处我并不陌生的陌生人家。我也不是对每一家都同样喜欢，有时在某些人家里我会觉得不太舒服，因为放了太多的杂物。可这也无所谓，有了对比，我在下一处住所会感觉更舒适。

有时候我住的地方甚至相当豪华，有桑拿房或者超大浴室。我喜欢这样的变化。脑海里经常浮现出汉纳斯·韦德的那首歌，“今天这儿明天那儿”，有时候我甚至会高兴地放声高歌，如果旁边有把吉他，我还会自弹自唱。

我越来越觉得自己如此自由，如此无忧无虑，就好像当年在旅途中一样。尽管刚开始的时候我确实也遇到过许多问题，比如解决温饱就是一个困难。

日常食品

我为别人看家时，作为回报，房主总是会把他们的冰箱或冰柜塞得满满的。还有的人家每周会从附近的有机农场那儿订购包邮送货的蔬菜。对我来说，这是一种令人愉悦的交换，用看家、养花、喂猫、浇园、遛狗等服务来交换食宿。

某日在报纸上，我看到关于有人成立了“看家中介公司”的报道。只要有警察局开具的无犯罪记录证明的人便能报名，就可以像我那样去为陌生人看家。所不同的是，中介机构对这种服务每日计价一百马克。为此他们承诺，看家者保证每天至少有二十一小时的在场义务！在场义务！多过分啊！我虽然也是带着各种各样的义务去给人看家的，可我至少感觉自己是自由的，来去不受人约束。

这篇文章出现得正是时候。我正好也明显感觉到为别人看家，我得到的比付出的更多。在看到这家中介公司的新闻后，我时不时把我的劳动换算成货币，这也给我带来了某种乐趣。这么一算我每个月的收入应该在三千马克左右。不过如果通过正规公司介绍的话，大部分收入都会被中介抽走。

在新生活的头三个月里，我的食物来源毫无问题。冰箱总是备满了足够的新鲜蔬菜和水果。另外，我那时候还特许自己每月攒一百马克的“备用零钱”，顾名思义，仅仅是“备用”而已。对我而言，每一步都考虑周全是很重要的，这样才能有效维持我在试验中的心理平衡。

当第一次无房可看的时候，我住进了之前提到的过渡房，当然那里不会再有吃的了，我陷入了困境。我的试验不允许我向别人要东西。我无论如何都不想因为逞能而饿死，但是我也要求自己遵守游戏规则，所以看来只能顺其自然，坐等天上掉馅饼啦。就这样，窝在我宝贵的过渡房里，我饿得肚子咕咕叫，眼前不断浮现出各种可口的饭菜——炒蔬菜、土豆、鸡蛋、色拉以及浇着奶油的巧克力布丁甜品。我不停咽着口水。当我又凭空想象出了几道其他饭菜后，我必须正视现实了。现状是，我们“供求交换中心”里那位原先每周都会给我提供面包的烘焙师正好在参加再教育培训，因此没时间做面包了。另外，一时也没有别的空房需要我看管，所以我也没有别的食物来源。可是无论如何我总得给自己弄点吃的，所以得想些新法子呀！

“别慌啊！”我内心的声音出现了。说得轻巧！不过话说回来也确实没必要慌，我决定将命运掌握在自己手里。我可以和“供求交换中心”的其他成员一起烤面包，让他们带原材料，我提供烤箱，大家在这个活动中都能获益，而我不需要花钱就有面包吃了。就这么定了！今天我还得挨饿，但是从明天起，我们就要自己烤面包啦！

这个主意不错，可是正当我准备实施的时候，奇迹发生了。电话铃响了，“供求交换中心”有人告诉我，他在一家全麦面包店里找到了一份新工作。面包店对于销量预估有误，所以经常会有大量的面包剩余，没有人可以帮他把剩余的面包发放出去，这也就意味着那些美味的面包最后常常要霉掉。他想问问“供求交换中心”有没有需求。我当晚就联系到了一辆车，为“供求交换中心”领回了两大袋面包。当然，我非常愿意接受这项费时的工作，把面包分配给了那些有需要的人。

四年过去了，这家面包店的赠送面包活动一直在继续。有一次，“供求交换中心”的人帮他们翻修了店面，有些时候我们还会帮店主在市中心发放广告单。虽然这些服务与他提供给我们的面包无法等价，但他总是非常高兴，因为这样，那些辛辛苦苦做出来的美食就不会被白白扔掉。

“面包行动”激发了我的灵感，难道我们不可以通过这种方式去获得其他食物吗？我给大型超市打了一圈电话，介绍自己和我们的协会，却被断然拒绝了，理由是那些过期或包装破损的食品未经检验不允许随意发放。好吧，典型的官僚主义！

我的眼光不经意间落在了附近那家有机商店的电话上。也许跟他们可以讲得通。店主立刻同意了我的想法。他对我们的协会早有耳闻，同时也有类似烘焙店的问题，只能把卖剩下的产品扔掉！如今他加入我们“供求交换中心”已经四年了，为很多家庭供应了那些过剩的产品。为了报答他（当然远远不能与他所给予的等值），我们有时候帮他除草，有时候帮他打扫店内的院子，如果有关于"供求交换中心"的报道，我们会找机会在上面为他做些广告。这实际上并不是一种等价交换。但我如今知道，如何去"接受"也是一门学问，而我已经学会了坦然接受。我早就不再使用"交换券"，也不再纠结于如何结算抵扣。问心无愧的心理平衡才是最重要的。

服装

在我的新生活开始之前，我就宣告和自己原有的种种消费习惯告别了。如果要买一件新衣服，我会考虑很久，看自己是否真的需要它。因无聊或发泄而去购物对我来说都不值得一提。在我们星球上已经有太多产品生产过剩，我不想为人们普遍存在的浪费行为添砖加瓦了。不过我还是需要一些衣物令自己感觉舒适。即使我已经过上了"新生活"，这一点也还是没变。头半年完全没问题，我只要穿我自己原有的那些鞋、外衣、裤子就够了。等衣物真正坏了才把它们扔掉，这实在是一种奇特的感觉。破了洞的鞋子以及抽丝的外套被送进了回收箱，它们已经完成了自己的光荣使命。

送光了多余之物，我对仅剩的必需品就不得不物尽其用了。失去了才知道珍惜，我的感恩心此时被真正唤醒了。惜福感恩大大改变了我的生活品质。"有衣可穿"忽然变得不再那么理所当然，衣物成了一种我要花心思去弄来的生活必需品。以前像"我不知道今天到底该穿什么？"这种略显矫情的问题现在忽然变回了原本的字面意思。有时候我的女性朋友们会送我一两件衣物，但这也不是长久之计。最好的解决办法是参加之前提到过的“快换”活动。我在每月的首个星期天那个特殊的跳蚤市场上可以找到些适合的衣物。作为交换，我贡献了自己的时间，用于进行市场的准备以及最后的收尾打扫工作。

剩下的就是品位问题，没想到它竟如此困扰我。虽然我从小就不爱赶时髦，但随着时间的推移，我确实有了适合自己的穿衣风格。我希望衣着打扮能让自己感觉舒适。然而，在衣物有限的情况下，我没法选择，只能放弃我的穿衣风格。当某天我不得不把我最喜欢的裤子扔掉，换上朋友给的裤子时，我心痛地意识到了这一事实。我那朋友最近长胖了，穿不下那条当季新款裤子。虽然我试穿的时候觉得它有点大，但因为我确实需要一条裤子，所以还是很有礼貌地感谢了她，并立即穿上了这条珍贵的裤子。不久之后我穿着它去看望一位朋友，一见面就让她目瞪口呆。

那天所有的不走运似乎都碰一块儿了。我的头发一缕缕耷在脸上，肥大的裤子根本不配我的衣服，在臀部晃晃荡荡；我的眼睛也很疼，整个人都不对劲。我的朋友实在为我担心，立刻塞给我一些钱，让我可以去二手店买些衣服。我懊恼地接受了那十马克，步履沉重地去购物了。我违背了自己“不必花钱也能要什么就有什么”的信念，或者说，这个信念也欺骗了我。总之，这次怎么都行不通了。

在店里我找到一条裤子，虽然并不是那么时髦，但确实比我身上那条好多了，我立刻穿上了它，把旧的那条留在那儿了。可我还是提不起精神，我不明白自己到底是怎么了，究竟为什么会这样。

不久我就找到了答案。一位“供求交换中心”的女士邀请我去她家，因为她想把一些衣服送给我。她看到那些淘汰下来的衣物，立刻想到了我，觉得有许多应该都适合我的风格。确实如此，里面有裤子、衬衣、套头衫，甚至还有一件漂亮的大衣。所有的衣物好像就是为我量身定做的。拿着两大包衣物，我开心至极，同时也陷入了思考。"服装问题"显然给我上了一课。"新生活"令我变得来者不拒，不修边幅，忽略了精神层面的需求，导致心理失衡。如果没有那条肥大的裤子，我也许根本就意识不到这一点。如果没有那一幕，也许我会光顾着为这位女士所赠送的漂亮衣服而高兴，完全不会再去反思什么。当我把"新"衣服拎回家后，对剩下的旧衣服进行严格筛选，把一堆明显不适合我的全部送人了。

从那以后，我把解决着装问题变成了一场有趣的游戏。我开始重视我的穿着。本该如此，我的衣着必须令我自我感觉良好，所以理应受到重视。我同时也保持着轻松的心态，不为没衣服穿而发愁，因为我面前经常会出其不意地出现我想要的东西。

奇迹

在我的新生活里出现的惊喜不计其数。我管它们叫"奇迹"，然而大多数人无法理解这个概念，所以我索性就用"惊喜"这个词来代替了。我其实已经非常含蓄了，因为我不想刺激或吓到别人。

以前我并不这样。在我刚开始学习身心课程时，总试图与他人分享自己日常亲身经历过的一些奇迹。我常常问别人："你难道没觉得这又是天使在帮忙吗？"结果往往只换来一片嘲笑和讥讽声："哈哈，海德玛丽的天使又来了！"为了避免总是被人嘲讽，我当即决定，不再与人分享我的"天使经历"了。

然而我自己对此一直暗自喜悦。“新生活”给我带来了比以往更多的奇迹，特别是关于折磨人的食物问题。比如我有时想吃巧克力或其他美味，不久之后我就真的可以心想事成。有时它们直接就出现在大街上，醒目地出现在我脚边。另外还有一次我的牙膏和洗发水用完了，没多久一位熟人就拎着一个袋子逛来找我。“这些东西如果你不需要的话，可以送人。”她边说边把袋子交到我手里。之前她刚刚清理了自己的浴室柜，把重复的用品挑了出来，里面的东西正好都是我所缺的。这难道不是个“奇……”，好吧，我姑且称之为“惊喜”吧！

还有一个例子。眼看最后一双鞋的鞋底马上就要磨穿了，可我的新鞋还没出现。当我拖着冻麻的双脚回到“家”时，惊喜地发现门口放着一个塑料袋，里面有三双几乎全新的鞋子和一张纸条，上面写着：“我买错了尺码！我希望它们合你的脚！”

那段时期，我几乎每天都能经历这样不可思议的事情。有一次是关于知更鸟的。有段时间我专心研究鸟语，并且能够辨认出很多种不同鸟类的声音。但知更鸟的叫声确实很难辨别。每次当我听到这种声音并问别人“这难道不是知更鸟在叫吗”，人家总是不置可否地耸耸肩。有一天早上我又听到了这种鸟啼，举目四望，在最高的一个枝头上发现了一只正在歌唱的鸟儿，很明显那就是知更鸟。“谢谢！”我想，“现在我终于能分辨出知更鸟的叫声了。”

有时我会陷入一些政治或经济问题，苦思冥想一筹莫展。不经意间就会有人在我身边聊起同样的话题，直到我找到答案为止。这些神奇的现象对我来说是来自另一世界的信号，让我知道，我并不是一个人在战斗，而是被保护和支持的。

总出现在心底的那个声音也是一种这样的信号，我觉得那是一种灵性的火花，对我来说，它比这世上任何其他事物都更加重要。就像歌德所说的那样，我要让这些火花变成熊熊燃烧的火焰，让它温暖着我的全部身心，让我从中获取力量，并照亮别人。我记得很清楚，自己从前是没有这种力量源泉的，因为我以前一直都是无神论者，很自豪地认为自己能够独立掌控自己的命运。对神明和天使的重新认识赋予了我新的生命意义。我原本很愿意帮助其他人一起开启高维智慧，但最终我还是放弃“传教”了。结果证明弊大于利，因为毕竟人各有命，每个人有自己的机缘和奇迹。

邮政与电话

我对写信情有独钟，也喜欢煲电话粥。这两样我都不想放弃，可没钱怎么办？就像我常说的那样——“车到山前必有路”！互联网来得正是时候。在那些待在网吧的下午，我开始有了自己的电子邮箱。我的第一封电子邮件是发往加拿大的，我侄子住在那里。这不期而至的“家书”令他很高兴，因为能通过这种方式和我联系上。他回了几次信，但长期上网对他来说还是太贵了，后来我们的邮件往来又渐渐中断了。

我吃惊地发现，如今已有那么多人在互联网上发电子邮件。不久，随着我的联系人越来越多，我发的邮件就跟以前写的信基本一样多了。不过我的通信对象和以前完全不同，因为我大多数的密友都还没有上网。

刚开始，我并不能够心安理得地往世界各地发邮件。尽管网吧的年轻人向我保证说，即使我整天坐在计算机面前发信也不需要额外付费。开始我确实不解其故，还以为年轻人只是为了哄我开心。后来我终于弄清究竟了，只要连上电话线，然后每月付固定的上网费，你就可以在电脑上随意发邮件或上网。不管你用不用电脑都得交这笔钱。那些经常上网的人一起分摊这笔费用。不过这与我没有直接的关系，因为不必增加额外费用，我才在他们那里收发电子邮件。尽管如此我还是觉得，作为免费上网的回报，我应该付出点什么金钱以外的东西。

答案非常明显，办公室里全是些年轻男孩，洗碗总成问题。于是我就帮他们洗刷。一开始我问自己，帮年轻人干这些典型的家务活是否合适？我是不是助长了他们的大男子主义习气？那可是很多妇女在圈里一直抱怨不止的。做饭也一样。我喜欢做饭，经常邀请这些年轻人来聚餐。这岂非在下一代面前宣扬"女人做饭，男人思考"这种过时的行为模式吗？终于有一天我不再纠结。我想通了，我不再试图扮演母亲的角色，这种角色我没法胜任也不适合去做。教育这些年轻人不是我的义务。我纯粹因为从他们那里得到了自由上网的乐趣，能够与这个世界进一步联系，所以想用洗碗回报他们而已，这并没有任何不妥。当然我也想用心理医师的专长去回报他们，可是显然那方面不存在需求。所以我选择了自己认为更合适的事情去做。

不久我发现，做些电脑前的脑力劳动，再做些洗碗这种纯体力劳动，保持两者的交替对我很有好处。本来"供求交换中心"的原则就是每个人提供的服务并不一定是他最想做的事，如果你提出的服务不能满足别人的愿望，就必须转换思路。当初我曾向那家给我们提供蔬菜水果的商店提议，可以为他们做一些心理方面的咨询，或者帮他们管理团队，可是没人感兴趣。所以我就改行拿起扫把帮他们打扫了院子。对店主来说这是一项更有意义的服务，我也因此消除了对某些工作的偏见。这又是一次对双方都有益的例子。

后来我曾离开多特蒙德一年，在此期间过着没有网络、电话和邮件的生活。我又一次要训练自己学会不执着于物，虽然确实有些难受，但我也越来越能适应了。如今我有一部手机和一个卡号，还有个电子邮箱，这些都没花一分钱，所有都是通过交换得来的。我保持着平和安定的状态，已经没有必要再做那些违心的妥协了。

首次启程

在“供求交换中心”工作了四年，我觉得已经足够了。我每日的生活流程好像已经变成了一种固定职业：早晨在办公室工作，接着与人交谈，然后参加一些集体活动。那些新加入协会的成员一般最初总是干劲十足，之后大多数都会陷入失望或不满。关于我的试验，也没什么人感兴趣，类似的回应越来越多：“是呀！你也许可以这样生活，但我可不行！”

原计划过一年不花钱的日子，不知不觉已经过了二年。无论是人际交往还是自身活动方面，我的生活品质都大大提高了。不论何时何地我都可以自己做主，过去的我只是为了挣钱而工作，如今再也没有这种必要了。我无论如何都不愿重新回到以前那种日子中去了。

在交换与分享中，我结识了形形色色的人，换作以前，我怎么都不可能跟他们有交集。有时我照顾的是八十岁的卧床老人,有时则是三岁孩童;同我打交道的有时是体面的大学教授,有时则是落魄的失业者;有时我会去为单亲妈妈或孤寡老人送面包;有时我会应年轻人之约,一起观鸟;有时我会去找到转让电车票给我的女士,向她致谢……所有人都令我铭记在心。

我已衣食无忧,本该非常知足。我自己过得很充实,可为什么还总是不甘心,总想把眼光投向外面那个我一直渴望改变的世界呢?因为我还没有实现当初的誓愿。"供求交换中心"目前即使缺了我也能正常运转了。协会里有许多像我一样努力想把这个项目继续运作下去的人。现在应该是我抽身的时候了。

我的第一站是去伦茨堡,那里有我一位朋友,我可以在她家过夜。那儿也有个"交换圈",以前我和他们联系过。"换友"们每周三碰面,我就选择在某个周三动身。我的火车票是一家电台支付的,他们之前曾对我进行过报道。

伦茨堡的"交换圈"和我们多特蒙德的有些不同。它是由当地的业余大学发起的,因此,协会拥有足够数量的房间与电脑,也有许多参与者和丰富的人脉。然而与我们的"供求交换中心"相似的是,他们这儿也只是大家一起凑热闹而已,并没有真正的政治抱负。周围的其他"交换圈"也大多如此。我们一起讨论过其中的原因,结论是大部分被交换的并非真正的必需品。与物资匮乏的战后年代不同,现代社会的人们并不真正依赖相互帮助而生活。这种供求的交换最后也只不过是一种调剂生活的游戏而已。

我的"不花钱过日子"的试验在媒体和公众中已经引起了很大的关注,我的想法被广为宣传。有一次我在业余大学做完一场演讲后，有一对夫妇让我为他们看家。接下来，找我看家的人越来越多，我成了"看家专业户"。有时我会在海边度几周，然后又隐入山中；有时从乡村的森林小屋忽然又住进闹市中心。那首"今天这儿明天那儿"的老歌，对我来说真正有了地理上的意义。一开始我很喜欢这种生活。很快一整年就被排满了，每天我都能接到别人的看家预约电话。那时我还没有手机，压根不知道这些人哪来的本事，每次都能找到我的临时居所。

有时我会来到一个没人认识我的小乡村。我会试着结识大家，并将我的交换理念介绍给他们。有时我也会邀请多特蒙德的朋友到"我家"做客，当然我会事先跟房主说好。对于我的许多客人来说，待在我那儿就像度假一样，通常他们是付不起这样的房费的。

一切都很完美。然而，又像以前在"供求交换中心"那样，我还是没有达到真正的目的。我讨厌被社会大众视为异类，也没有兴趣总去回答相同的质问："如果人人都像你这样生活怎么行？总得要有人去挣伙食费吧！"翻来覆去都是这套。人们要么直接拒绝我，要么就把我捧得高高在上，然后马上又让我摔下来。

我根本不想变得很另类，既不想出名也不想被贬低。我只不过一如既往想寻找一种方法，让人与人之间能够更好地相处。为此我需要所有具有更开阔视野和胸襟的人的支持。

旅游

我一直喜欢旅游。旅游可以开阔眼界，消除偏见。我总是刻意随机而行，尽可能为旅途添加冒险元素。刚开始替别人看家的时候，德国国家铁路局开始卖周末票。这种票当时只卖十五马克，用它就可以游遍整个德国。如果买团体票，可以允许五个人一起用这张票玩两天。一时间，火车上人满为患，大家聚在一起，其乐融融。许多人愿意用自己的票带上陌生人，没买票的人则会分享他们自备的食物。这种互利互惠的交换正合我意。可惜没多久，票价就涨到了三十马克，后来又涨到了三十五马克。

对我来说，这种周末票给我提供了一种不花钱就可以长途旅游的机会。第一次我是从北部的伦茨堡到南部的奥伯斯特多夫，纵向贯穿了整个德国。因为这种票只能在短途慢车上使用，这意味着我要不断换车，到达目的地整整花了两天时间。反正我有的是时间，我也非常愿意在旅途中结识不同的人。而且这次我也不是真的身无分文，我之前的房主给我留了三十五马克作为我的"救命稻草"，不过我会尽量不动用它。

但是，当我站在伦茨堡火车站的时候，我动摇了，连胃都跟着难受。我脑海中浮现出一幅令我不快的场景，多特蒙德街角处的乞丐向路人乞讨："给我一马克行吗？"我现在也处于类似的状况，可能也不得不说类似的话。难道没有更有趣的解决方法吗？在多特蒙德确实有一些富有创意的乞丐，可是乞丐终归还是乞丐！我怎么都不愿意迈出这一步。为了应付这种状况我已经"彩排"了很多次，可是始终想不出个好办法。

其实只要按照交换原则去做就可以了，我试着劝慰自己。手上有自己的《无钱幸福》系列书，我可以以此作为交换；此外我还是个不错的"陪聊"，可以帮别人无形中缩短漫长的旅途；或者我还可以……所有令自己镇静的方法都不起作用，再怎么样我也不愿意开口乞讨。可我的“排练”就是为了马上到来的周末,所以最终还是硬着头皮上了阵。

我先锁定了目标——一位带着行李箱独自坐在长椅上的中年妇女,然后坐到她边上试图与她攀谈起来。一开始先从无关的话题入手,后来我直接问她:“您也是用周末票旅游吗?”她给了我肯定的回答。于是我便有勇气进行下一步了:“您愿意让我跟您一起使用这张车票吗?”为了摆脱乞讨的感觉,我马上向她说明了我正在进行的试验,她听得饶有兴趣,看起来已经完全相信了我这个陌生人。当她在我的前一站下车时,甚至还把车票直接送给了我。这张票确保了我可以一路旅行到巴伐利亚州。

后来我常常能遇到类似的情况,我非常感谢自己的经历,因为我从中看到了一种可以消除人与人之间的不信任、让彼此之间敞开心扉的可能。通过德国铁路的这种团体票,陌生人之间可以相互认识,甚至变成朋友。我以这种方式获得了许多来信来电或者做演讲的邀请,请人带我一起上路的要求也从未遭到过拒绝。我自己实践下来的结果与我构想已久的场景非常接近,那也是我理想中的未来——大家在任何地方都能彼此靠拢,人与人之间初次相识就不再陌生。尽管如此,我还是觉得迈出第一步很不容易。

问题

“如果您的腿不小心骨折了怎么办呢?”经常有人问这样的问题。我足足用了两年的时间才找到一个令提问者大致满意的答案。之前我一直为自己拼命辩解,因为没有信心,只能气呼呼地回答:“我不会生病,腿也不会骨折!”每次刚一说完这话的第二天,我必定会感冒、流鼻涕或者出现其他健康问题。我从中得到的教训是一味逞英雄不能解决问题。

从那以后,我对自己的言辞更加小心谨慎了。“我现在只是在做一个试验,并不想伤害谁。”我强调说,“相反,我想通过它为大家寻找到一条新的道路,为此我当然冒了很大的风险。但请大家想一想,我们国家为失业者每月都缴纳很多钱,包括医疗保险。如果有人腿骨折了,国家会全额承担他的医疗费。因为法律就是这么规定的,谁也不会对此说三道四。但这就形成了人们对国家的依赖。而我现在所尝试的,就是自己为自己全方位负责,我的试验决不会给别人造成负担。如果我的腿真的骨折了,总会有办法解决的。”

以上言论获得了更多的认可。尽管如此,关于退医保一事,这几年一直是我演讲的主题。平心而论,我本人对这件事其实也并不是特别淡定,也常常与自己的恐惧做斗争,在这一点上,我绝不像自己渴望的那样信心十足。这种不安全感当然也令我自食其果。

有一天早上我啃了一口硬粗麦粉面包,大事不好!只听咔嚓一声,我的舌头触到了一个硬物,毫无疑问,一颗牙崩了。我瞬间石化,再也不敢嚼下去。过了好一会儿,我才确认还残留了半颗牙齿。尽管如此,我还是慌得六神无主。或许要补一颗牙齿,那至少要花一千马克,可是去哪里弄这么多钱呢?我最初的念头是找人替我垫付这笔钱。可是不行,这样我的试验就算以失败而告终了。后来我想到了一位名叫海德玛丽·星的牙医。我曾经开玩笑地喊她“海德玛丽·星星银币”(意即幸运天降,无钱幸福)[①]。我常想,如果有朝一日需要一位牙医的话,我一定会去找这位“星星银币”大夫,现在是时候了。

在开始治疗之前,我向大夫解释说我没有医疗保险。大夫先是做了一些检查,提了些建议。在拍了片子之后,她确诊必须拔牙。“星星银币”大夫建议我马上将残留的牙齿拔掉,如果听之任之的话,它最迟一周之内就会断裂。然后她又问我:“或者您就这样留着它?”我马上说“是的”,因为我实在无法忍受自己一笑起来就被人看到缺了一颗牙。“我相信会有奇迹发生的,也许这颗牙能挺住。”我对大夫说。大夫算了我三十五马克的治疗费,我很快就用我坐火车时揣过的“救命稻草”把这笔钱付了。这颗牙果真坚持住了,也再没疼过。

还有一次我也幸运地挺了过来。那天晚上我被无法忍受的牙痛疼醒,马上感觉自己的胃里又翻腾起那种熟悉的恐惧。“你看吧,退了医保有多愚蠢!”我的恐惧讽刺地向我挑衅,“你那荒诞的主意根本不可能跟所有理智抗衡,所谓战胜病魔,简直是天方夜谭!你和其他人一样都是普通人,如果不去治疗,你的牙齿会一个接一个全掉光的!”

我绝望地在床上辗转反侧,看来去看牙医是不可避免的了!忽然我想起了那位“辟谷”的女子。据说五年来她不吃不喝,一般人都会认为那简直是绝对疯狂、毫无可能的行为,可人家仍然活得好好的。当她开始做这个尝试时,有人预言她一定会因此去见上帝,可她还是那么敢作敢为。

---

① 来自一则德国童话故事,讲的是一位善良的小女孩为了帮助别人而送光了自己的所有,最后天上的星星都化为银币掉落在她面前,女孩从此过上了幸福的生活。后文亦有提及,且本书德文原名也来自于此。

这就是令我解脱困境的答案。我必须坚信精神的力量，也必须相信自己和自己的理想。疾病是可以战胜的！在祈祷后我终于入睡了。第二天早晨疼痛已有所缓解，之后的几天疼痛越来越轻，不知何时它就彻底消失了。

获得媒体的关注

在第一篇关于“供求交换中心”的文章发表后，我们跟多特蒙德报社频繁接触。广播和电视台也不甘落后，几年来一直颇有兴趣地追踪报道着我的活动。有一天我必须早晨七点钟就到RTL电视台接受采访。那是我第一次上电视，我压根没有一点概念，不知道那是怎么一回事。我想片场应该会有化妆间，所以一大清早什么都没带，连最常用的口红也没涂。

一到现场我就傻眼了，哪有什么化妆间！除了一名技术人员，演播室里就没有其他人了。屋里有张桌子，上面放了个麦克风。那就是我要坐的地方。几米远的地方闪烁着一个屏幕，直播时身在柏林的主持人将出现在里面向我提问。

我没戴眼镜，只能在屏幕上隐隐约约地看见采访者模糊的身影。他出人意料地想了解一些我从未想过的话题。例如，“你们的‘供求交换中心’有没有‘幽会’交换啊？”这个问题令我愣住了，但反应过来之后我还是应答自如。无论如何那位技术人员把我夸了一通，因为我中途几乎没清嗓子，回答问题的时候也没有迟疑太久。

后一天的广播采访感觉就好多了。这一次主持人坐在我对面，他提了些让我能够好好回答的正经问题。后来我和朋友们一起收听节目的录音，练习更精练地回答问题。尽管如此，每次我走进演播室的时候，还是会感到紧张，总觉得浑身不自在，以至于影响工作。我对自己说："够了，放下胆怯，让它从哪儿来的回哪儿去！"看来有必要做一个彻底的自我分析。

这种症状很明显，翻腾在我胃中的恐慌源自我对丢脸的害怕——我害怕自己听不懂提问，害怕不能对答如流，害怕词不达意激怒主持人。与此同时，我眼前浮现出过去的一幕：海德玛丽坐在学校的黑板前，对数学老师的提问完全丈二金刚摸不着头脑，无法应对。然而就像上次对付恐惧那样，我现在对怯场问题也找到了解决办法。"只要做好你自己就行，去感受你内心的声音，如果有什么不完美，那也没关系。坚信自己，一切都会变好的。"

我乖乖照做了，一切真的都变好了。相对于应付主持人提出的那些问题，我集中精力考虑更多的则是应该向观众传达什么理念。我不是为了新闻记者而走进演播室的，而是为了那些在电视机和收音机前的人们。如果主持人想向我开炮，或采用惯用的方式，为了掩饰心虚故意说些哗众取宠的话，那么请便吧！随便他们用什么套路，我只说我想说的话，决不怯场。

以女性观众为主的TM3电视台邀请过我三次，第一次的主题是关于"供求交换中心"，第二次是"天使"，最后一次是"不花钱过日子"，每隔一年进行一次。经历过多次的采访，我发现自己已经渐渐适应演播室的环境了，应对主持人也越来越专业了。

大部分节目都是在我的住所中录制的，开始是在我自己家，然后是在不同的寄宿人家。每次拍摄总有一段我在外面街上散步的场景。我很快发觉，这是一个建立自信的极好方式。当然与一队拍摄人马一起走在街上实在太过显眼。行人们驻足观望，很多人问："这是在拍什么啊？"开始时我觉得很不自在，后来也就慢慢不当回事了。

对我来说重要的不是形式，而是内容。很快，我就拒绝了拍摄短节目，那些片子不能充分表现主题，传达出我的意愿。我不想当一个电视红人去博人眼球，而是希望能够通过媒体实现我的目标，将我的理念传达给更多人。这种方式确实有效，随着媒体的公开传播，我建立起了许多有价值的联系，有直接的，也有通过互联网的。

第四章　冒险的日常生活

人们

“新生活”开始之前，我从未有机会结识这么多形形色色的人。以往为了养家糊口而正常工作时，我始终同其他人一样，在“蜂巢”社会中过着两点一线的生活。当时我交往的对象大部分都只是与自己志趣相投的人，我一直在考虑如何改变这一状况。

第一步自然就是成立“供求交换中心”，之后我开始为别人看家，因此进入了丰富多彩的混合社会生活中。我通常会搬进那些空无一人的房子里暂住，因为房主要去爪哇岛或者别的什么地方。不过有些时候，我需要照顾的不仅是留在家里的宠物，也有人把独居亲人托付给我。比如有一次，我住进了一栋漂亮的大房子里，底楼是我可以自由使用的居住空间，上层住着一位和蔼可亲的老妈妈，这位年过八旬的老人一直能生活自理并且相当独立。尽管如此，她的孩子们还是希望当他们外出时能有人在家照顾她，这样他们才更放心。

在他们启程之前，为了让老人和我能够相互认识，大家一起见了一面。我们对彼此都很有好感，因此，暂时同住在一个屋檐下毫无问题。我们事先约定了一些必要的共同活动，比如每周一次的大采购和不定期的二人聚餐，除此之外就各过各的，互不干涉。这栋房子在郊区，我每天必须坐地铁去办公室。地铁月票由房主替我支付，冰箱总是满满的，地下室里也储存了足够的生活用品。

第一周老妈妈和我严守之前的“公约”，互不干扰。周五我请假出来大采购，我俩就在附近的超市里共同购物。第二周我便打破了约定，主动去敲老妈妈的门，和她攀谈起来。很快我就习惯了每天找她唠一小会儿嗑，两人都觉得很开心。没多久，这位通常足不出户的老太太也愿意主动到底楼来找我，与我促膝长谈。我们的生活轨迹如此不同，故而彼此都可以从交流中有所收获。对于老妈妈来说，婚姻家庭永远是她生活的重心，几年前丈夫的去世令她度日如年。她坦然地承认自己备受孤独的煎熬，尽管家里人都对她很好；我也向她讲述了自己的一些经历。六周过去了，我与她已成为朋友，后来还经常定期去拜访她。

另一次是在一个小村庄里，当时我过着几乎与世隔绝的生活，远离各种社交文化活动。有一位四岁的小男孩常常上门来找我，刚开始他只是希望从我这里得到一些我的户主为他们准备的糖果。每天都有好几个孩子来按我的门铃，伸出小手要糖，心满意足后便跑得无影无踪。那罐糖发完后他们就不再上门了，只有小马克斯还一直会来。那是因为我们有共同的爱好——唱歌。以前做老师时我学了很多歌，还可以配上美妙的吉他伴奏。小马克斯其实有点“多动症”，注意力无法长时间集中。可是一唱起歌来就不一样了，他能很快记住新的歌词，让他妈妈倍感惊讶。他妈妈有时会上门拜访我，向我诉苦说儿子的某些行为常常令她非常担心，比如他总会编造一些故事，常常大话连篇。我也注意到了这一点，小马克斯经常说些云里雾里不着边际的话。有一次他告诉我，他有一架飞机，可以随时带他去任何地方。我就顺着他的想象和他一起编故事："飞机把我们带到一个很美的地方，我们在那里降落，并经历了一场很刺激的大冒险。"对我来说，能够出现在孩子的幻想世界里，并和他一起畅游是件多么有趣的事情啊。甚至有些时候我的想象比小马克斯还要大胆。每次结束时我都对他再次强调说："我们一起编的故事妙不可言，我俩是有史以来最伟大的发明家！"小马克斯非常开心，他觉得终于有人拿他当回事了。当我们在火车站分别时，他悄悄对我说："我爱你。"

只要我住在多特蒙德，每周我都会去探望玛塔两次。她已经八十多岁了，这个年纪原本应该对生死看得很淡，可是她却怎样都无法释怀。三年多来，她一直卧病在床，几乎全身瘫痪，只有右边的胳膊还能稍微活动。但她神志清楚，把命令和折磨身边的人当成一种享受，特别是那每日照料她的可怜女儿。

我第一次遇见玛塔时，她就喋喋不休地向我讲述了她家的故事。与她见了五次面后，我就能把她家九个兄弟的名字倒背如流。我还知道她的哪个侄子在哪里学什么专业，对她整个家族的内幕了如指掌。但玛塔对我的情况毫无兴趣，我就当自己是个全职听众了。

随着时间的推移，我觉得光做个好听众还不够，于是产生了为她进行心理治疗的念头。即使非心理学专业人士也能看出玛塔严重抑郁,她经常发火,动不动就责骂别人,抱怨全世界,尤其是把她的女儿说得一无是处。这位老太太坚信,这世上没人真正关心她。

心理治疗的基本前提是病人愿意求助于治疗师,对治疗采取接受和开放的态度,他们会主动提问,然后得到专业解答。但对玛塔而言,这一切都行不通,她既不愿提问也不想知道答案。帮助她心理复健的愿望成了泡影。我劝自己不要说教,多说无益,只要单纯地保持耐心倾听就足够了。

我安慰自己说,如果有我做她的听众,至少对她女儿来说是一种解脱。沉默也是一门艺术,我现在正学着去保持沉默,玛塔责骂的时候我便默然静听。有一天她忽然没头没脑地对我喃喃道:“有你在我感觉好多了。”嗯,难道是我听错了吗?不,她甚至把那句话用几乎听不见的声音又重复了一遍。同时,我看见她右眼中闪烁着泪花。我惊讶至极,大为感动。通常从玛塔嘴里说不出什么好话,比如别人为她精心准备了饭菜问她好不好吃,她会故意装作听不见;包括她女儿全天候的悉心照料,对老太太来说也只是作为子女理所当然的分内事。

当老太太对我说出了那句“惊人之语”后,我不能假装毫不动容,于是大胆启用了一个“安抚与赞美”的新策略。我们开始真正的交心了。玛塔承认她不是个好母亲,她女儿是因为她的过失才变成现在这个样子的,等等。我说:“大多数母亲都是这么想的,因此她们会饱受良心的折磨,可是我们并不需要做到事事完美,你已经尽力了。你的女儿现在过得很好,为此她应当感谢你。你并不是个坏母亲,相反,你是个好妈妈。”这番话令她无比惊讶,最终泣不成声:“从来没有人对我说过这样的话,所有的人都一直指责我，把我说得一无是处。”她紧紧握着我的手。从此以后，她变得容易相处多了。

有位年轻人自从在电视里看了我的节目后，便劝他母亲请我看家。某个周日下午，我应邀来到他们家，享受主人提供的咖啡和蛋糕。这位母亲和她那两位已经成年的儿女一起认真考察着我的言行。显然，我最终通过了“家委会”的面试，让我为他们看家。后来我与这家人建立了长期的友谊，并经常上门拜访，也经常照顾他家，俨然已成了家庭的一员。

这些经历给我的“新生活”带来了巨大的快乐，同时也证明了并不一定要日久才能见人心，人们之间的相互信任也可以在短期内开花结果。孩子们邀请我去参加他们生命中最重要的纪念日，参加入学典礼或是亲友的节庆；成人们对我推心置腹，放心让我保管他们的贵重物品，向我敞开心扉。这种信任与互动以往只存在于我和最好的朋友之间。当然，老友间的情谊始终弥足珍贵，可自从我开始进行“不花钱过日子”的试验后，这种人与人之间以亲疏划分的心理界限也开始消除了。

家庭关系

当年作为单身母亲，独自拉扯孩子们长大的那些艰难岁月仍然令我无法忘怀。我依旧记得那些家中没有保姆的夜晚，那种种始终必须独自面对的问题；那种令人心悸的不安——担心自己所做的是否正确，害怕孩子们有什么缺失；还有那些不断袭来的孤独感。正因为这样，在我的“新生活”中，我尤其渴望为有着同样遭遇的母亲们做些什么，帮助她们创造一些条件和机会，令她们能够相互扶持，减轻彼此的负担；或让她们尽量加入那些有孤寡老人和单亲孩子的家庭中一起合住。

有户人家曾经常请我去看家，那家有两个青春期的孩子。有一次孩子们的父亲要外出两周，作为上班族的母亲请我去她家帮忙。尽管我知道家里可能会鸡犬不宁，可我还是接受了这个任务。我的工作是这样的，有时要做一顿午饭，帮孩子们检查家庭作业，晚上呆在她家帮忙处理一些日常琐事。我有自己的房间，整个家也非常宽敞舒适。我对即将来临的两周充满好奇与期待。

没料到第一天晚上家里就充满了火药味。年龄大一点的男孩斯万不愿意去做他该做的事。一开始他只是简单地说“我不干！”可是当他妈妈坚持要求时，他便开始了强烈的抗议示威，把惯用的几大招都放了出来：一蹦三尺、大呼小叫、摔门而出、鬼哭狼嚎。他妈妈容不得他如此耍无赖，大声责备他，骂声震天动地，连墙都晃了起来。我暗自想：“哎呀天哪，这可真要我的命啊！”到了晚上家里虽然终于恢复了平静，可没多久又起了风波。两天后我确实受够了。这一家三口吵得不可开交，我又不能干预人家的私事，这样的口角真的让我无法忍受了，于是我决定逃之夭夭。回到屋里重新考虑，我满脑子翻来覆去都是同一句话：“这实在令人忍无可忍啊！”忽然间脑海中又出现了吵闹声，那是记忆中我自己孩子们的叫喊声，当年的一幕在此重新上演——同样是心力交瘁的母亲徒劳地试图解决问题。“不，你不能就这么逃走了！”内心深处的声音对自己说，“想想有什么更友善的解决办法吧！”

我在慌乱中陷入了沉思，最后终于明白了，令我如此难以忍受的根源是噪音。我想起当年在寄宿学校的时候，自己便不能忍受宿舍正对面高架铁轨上传来的噪音。后来我只好慢慢开始学着接受这种我不能改变的现状，通过这种方式自我调节。简而言之，我学会了在噪音下生活。现在我为什么就做不到呢？斯万除了吵闹外没有别的办法可以保护自己，这是他自我表达的一种方式。我可以把这种吵闹声想象成他在大声唱歌，这样一来，音量虽然同样大，但感觉上令人舒服很多。这个方法很奏效。好吧！他现在又在高歌呢！这样想着，我心里便平静了许多。我离开自己的房间，向那争吵不休的三人走去，若无其事地问大家："有人有兴趣和我一起玩游戏吗？"我的平静安抚了大家的情绪，缓和了紧张的气氛。有时候我也想知道他们到底为什么争吵，可如果我发现没人愿意谈论这个话题，就会很快打住，不再刨根问底。不过有时我会忍不住问："今天还没吵架啊？大家安静得令人怀疑啊！你们怎么不吼一通呢？"听了这话他们自己也会笑起来。不知怎么的，第二周的气氛明显要比第一周和谐得多。由此可见，旁观视角确实能够帮助当局者挣脱纷争的漩涡。想起自己那两个青春期的孩子，当年的我曾多么希望有人能这样帮我解脱困境啊！

我与提姆和麦克也经历了类似的情形，尽管他们的家庭状况不同。他们的妈妈是一位单亲母亲，这两个孩子都还小。对八岁的提姆来说，我成了他生活中非常重要的人。他喜欢我每晚哄他入睡，他不满妈妈从他所爱的父亲身边离开，令他们的日子越过越糟。那几周时间我让自己融入了这个家庭。可后来我觉得这项工作已经占去我太多闲暇时间，妨碍我全身心去完成自己的任务，因此没多久我又搬了出来。

我时不时会去我存柜子的朋友家，因为要使用寄放在那里的柜子。长期以来我们达成了这样一个默契：如果我去她家，必然每周陪他们的孩子睡一晚，让孩子的父母可以享受一个自由之夜去看电影或者做些别的什么事。

另一位朋友的女儿卡特琳娜喜欢与我一起做游戏或唱歌。有些时候，她会给我打电话，提醒我别忘了去她家玩。我从她那里学到了拼图，她比我拼得更好更快。我真觉得那些失业者或者退休人员其实没必要孤单地困在自己家中无所事事。只要愿意，每个人都能找到很多事做。

动物

作为“城里人”，我以前很少跟动物打交道，可是为别人看家的经历彻底改变了这一点。我的第一位动物朋友是“蓬蓬”，一只看上去像一根特大号香肠的卷毛狗。“蓬蓬”许多年来一直习惯于按照它最喜欢的路线去散步。每天它都会和女主人出去遛个两三趟，有时它会在那段路上留下臭烘烘的便便。女主人觉得有些尴尬，但是她也为此付了相应的狗税。因为“蓬蓬”一开始就对我表示友好，而它绝不可能跟其他人同样亲密，所以我最终荣幸地从候选人中脱颖而出，获得了陪伴它几天的资格。

第一天出去散步，“蓬蓬”就直奔一家小卖部前撒尿，幸好还只是小便。正当我俩想悄悄溜走时，店主大喊大叫地从他的亭子中冲出来，挥舞着拳头威胁我。虽然我赶紧向他连连道歉，但那种场面还是令我无比尴尬。第二次出去散步时，“蓬蓬”直接在人行道的正中间拉屁屁。我受够了，决定采取其他措施。

我无视“蓬蓬”的意志悄悄改变了散步的路线。令我始料不及的是，“蓬蓬”顽抗到底，不肯跟我走新路，开始了它的示威反抗。我选的那条乡村小路对它来说实在太无聊，“蓬蓬”希望去体验热热闹闹的城市生活，不喜欢平淡无奇的自然景观。它坚决抵抗，赖在原地既不向前也不向后，不管我怎么拉绳子都没有用。一开始我觉得滑稽，可后来我就渐渐笑不出来了。越来越多的人围在我和这条倔强的小狗身边看这场好戏，大部分人肆无忌惮地笑话我们。我试图对它好言相劝也没用，它仿佛对我说道：“你怎么没想好就带我随便改道啊，我才不愿被你这么瞎折腾呢。别跟我来这一套哦，在我身上可坚决行不通！”

“好吧！”我筋疲力尽地回答道，“我向你郑重保证，再不玩什么新花样了，一切照旧吧，现在你总该乖乖跟我走吧！”这回果然起作用了，我们掉头走回老路，从这一刻起我再也不去尝试驯狗这项技术活了。解决的办法就是随身携带一个袋子，随时随地为它清理现场，收拾烂摊子。这小东西性情如此刚烈，真令我始料不及。

包括那只叫“小巫”的猫咪也是个顽固的家伙。她对女主人超级依赖，并不待见我这个“后妈”，并且明显在摆臭架子给我看。我只要一进家门，她就溜进屋里，能躲多远就躲多远。可我是受人所托来照顾“小巫”的，当然应该尽职，不能袖手旁观。我低声下气想跟她进行交流，尝试着跟她进行心灵沟通，恳求她讨好她，可都毫无效果。听说小蜂蜜饼可以派上用场，可我发现，和我一起待过的所有动物都不吃这一套。

“小巫”这样整天避着我令我非常难过，和她之间的冷战折磨着我。我问了所有认识的养猫专家，得到了不同的建议。“把她晾一边，这样她反而会主动亲近你了。”这条建议看上去最实用。连续三天我都这样做了，故意无视“小巫”的存在，可是根本不管用，反而令我自己备受煎熬。最后我决定采用自己的方法，通过内心独白和她进行了长时间推心置腹的交流。我对她说：“我们之间彼此都不要妨碍对方，各自都不进入对方的私人空间，大家都遵守这一点好吗？”通过这次长谈我首先劝说自己，不要一下子对“小巫”要求太高。后来小家伙的表现居然发生了变化，那天晚上，“小巫”真就乖乖坐在了我的膝盖上，让我抚摸她。

还有一个难缠的家伙是小马“波尼”。“波尼”几乎会去冲撞每一个人，没有坚强意志的人是不可能靠近它的。它和“阿琳卡”完全不同。当我第一次坐在那匹已经相当年迈的老马“阿琳卡”背上时，感觉自己如寄生虫般无功受禄，惴惴不安。我确信这种情况下的“给予”和“接纳”是不平衡的。等我下一次去看望它时，一切都不同了。我把马厩打扫干净，悉心照料它，然后才去心安理得地骑它。我终于可以昂首挺胸地坐在马背上骑了一圈。女主人后来向我解释道，大部分马场的骑马者都会自己为马刷洗并梳理毛发，以便和马建立亲密关系。

在为别人看家的过程中，我认识了许多动物，并学会了如何爱它们。比如小老鼠“马克斯”和“莫里茨”，乌龟“马提雅思”，小白兔“雪花”。最黏我的是苏格兰牧羊犬“雪拉”以及白色的牧羊犬“娜拉”，每次见面时它们都会欢欣雀跃，离别之际则又会伤心落泪。

这种工作让我了解到每种动物都有它自己的行为方式和独特的性格，就像人类一样。它们是人类的好伙伴，它们毫不做作，从不掩饰自己的喜悦、爱恋以及兴趣。从它们身上我们可以学到很多东西。

植物

“当砍倒最后一棵树后，人类才发现，钱不能当饭吃”，这句古老的印第安谚语指出了植物的重要性，并告诉我们如何与植物和睦相处。人们通常是把树木只当作木材的原材料，而没有把它们当作一种生物。然而它们可以为人类提供氧气，让人们身心更加愉悦，从而提高生活品质。我们总是自以为是地认为植物没有灵魂，可科学实验反驳了这种错误观点。例如花朵对音乐有反应也有偏好，在古典音乐中生长的花朵会比摇滚乐中的花朵长得更好。

我生活中有一种绿色植物叫做“龟背竹”，它已经四处陪伴了我多年，就像我的镜子一样，我常常会从它身上看到自己的影子。可是因为它体型巨大，有着手指一般的叶子，有时会长成心形，所以经常会遇到麻烦。有一次花盆倒了，它整个枝叶都被折断了，土壤表层看不到一点植物的影子。我深受打击，认为它的生命已经终结了。实际上那段时间我身边的人发生了很多事故，有几次我也差点不能幸免。后来突然有一天，从那片看上去毫无生机的土壤中冒出了一个小芽，我把这看作危险已经结束的信号，可以长出一口气了。果真我的植物重新焕发了生机，飞快地生长，没多久又郁郁葱葱，几周之后就长得比原来还要茂盛了。它如此硕大，以至于为它找一个合适的安家之地都越来越难了。自从我开始居无定所，我就将它搬到办公室，但还是不得不考虑为它寻找更合适的去处，因为它实在太占地方了。后来我在一户让我看家的住宅中发现了另一棵龟背竹，它长得和我的完全不一样，所有叶子都向上生长，体型瘦长，所以根本不占地方。我觉得我那一棵也应该这样，于是就把它所有的枝叶都绑起来，让它向上长。一开始有点杂乱，可后来它确实乖乖地向上生长，也就不占地方，可以随意安放了。

植物自有其神奇之处。在一个童话里，有位仙女给了年轻的王后一朵花，这朵花可以一直告诉她国王在战争中的情况如何。长期以来这朵花都长得欣欣向荣，可是有一天它突然垂下了脑袋。对于王后来说，这便是她丈夫需要帮助的信号了。

在我借住过的家庭中，有些人家的植物长得非常健康，生机勃勃；而另外一些人家的花草则明显缺乏活力。我相信这不仅和种植方式有关，也和主人的状况息息相关。通过为别人看家，我变成了一个植物专家，明白了悉心照料植物的必要性。不同的植物需要不同的培育方式，它们对水的用量、新鲜空气的需求量、园丁的关注度、光照的强弱要求都有区别。我曾打理过一座特别漂亮的花园，那儿每朵花都色彩艳丽，相映生辉，令人赏心悦目。那儿的主人是位园艺爱好者，她特意让四季都有鲜花交替绽放，一旦有什么不对劲她都会第一时间留意到。她把这些花朵当作自己最好的朋友来精心照料。有时候她会坐在它们身边，静静地和它们交谈，所有重大的问题她都从中找到了答案。

我们也可以和树木对话，如果我们足够有耐心和它们建立联系，它们便会回答我们。与大自然打交道，你始终需要耐心等待、心平气和、遵守自然界的法则。树木们有的是时间，从它们身上我们也可以学到很多东西。

寻找与发现

“这里是知识商店。”我在电话里自报家门。一位女性的声音从另一端传来，她想知道我们的“知识商店”到底是做什么的。我利用这个机会向她做了一个简单的介绍：“20世纪70年代，荷兰人创建了第一批‘知识商店’，他们希望将科学和社会相关联，将大学知识与民众生活相结合。具体操作是这样的，如果有人对科学有兴趣，他可以打电话到店里咨询。多特蒙德的‘知识商店’是1983年由大学生创立的，然而它的组织结构已有所改变，现在这里已不再提供这种咨询服务了。”

“听上去都很有趣啊！”电话里的声音说道，“但现在我还有个和这些业务无关的问题，不知道还能向谁咨询。我听说有位女士没花钱也生活了很长时间，她和这家‘知识商店’有些关系。”她随即报出了我的名字，并问我是否正好认识这位施韦尔默女士。当我告知她就是鄙人时，她立刻放声大笑，并向我解释说是她的兄弟派她来找我的，他在另一座城市的广播电台里听到过我的访谈，但他并不清楚我上班的地方是叫“知识商店”还是“经济商店”，因此让在多特蒙德的姐姐去打听我的地址。他姐姐高兴地说：“我真没想到这么轻而易举就能找到你！”

类似的情形也曾出现在伦茨堡。那里有位女士想联系我，也比较顺利地找到了我的电话。她是通过一个电视节目注意到我的，然后她想起在那次采访中，我提到曾经在伦茨堡进行过有关动物的演讲，因此她就随机拨打了该市的一家动物商店的电话，还真就得到了关于我更多的信息。

还有一次，有位来自巴伐利亚的女士打电话向一位熟人打听我的地址，当时我恰好在拜访这位许久没见面的熟人。这些人总能用奇奇怪怪的方式找到我。通常这种时候也总会发生些特别的事情。

一次，有位来自南德的年轻人颇费周折找到了我。在电话中他告诉我说一定要和我见面，因为他正面临着生活中的重大转折，他想听听我“不花钱过日子”的经验。于是我俩便商定在山上某处碰头，反正我刚好跟别人约了要在山上见面，而且我对这个年轻人也很好奇。

我们一起漫步乡间。他背上没有旅行包，而是背了把吉他。我们相互讲述了各自过往的经历，然后进了一间教堂。这是我最喜欢的教堂之一。年轻人走了进去，把吉他拿出来弹了一首圣诞歌，我自创了一段旋律同他合唱。在唱第二首歌时我们的声音更加高亢，气氛更加欢快。我们在这间空无一人的教堂里唱了一首又一首新歌，然后开始不由自主地打响指、跺脚、旋转、跳舞。对我来说，曾经的梦想成真了！我曾幻想自己有一天能够在教堂里唱自己的歌，边唱边跳，陶醉在幸福中。我想，这也许就是上天把这位年轻人派来找我的原因吧。

在回去的路上，我们像两个孩子一样欢呼雀跃地爬上了山，并经过了第二个教堂。这里面还有别人，七名少女正在打扫房间里冬日的积尘。她们一边嘻嘻哈哈地笑着，一边把耶稣的桂冠、马利亚的服装以及天使的翅膀擦得锃亮，显然她们很享受这份工作。当我们问她们是否愿意和我们一起唱歌时，她们兴奋地答应了。这一次整个室内充满了北美福音音乐的旋律。我曾一直很羡慕黑人们在做礼拜时能把圣歌唱得如此灵动如此欢快，而现在我自己也能同样这般放声高歌了！几个月之后这位年轻人找到了我并向我致谢，感谢我这种敢于尝试新生活、无视世俗眼光、全心全意享受当下的行为榜样，这给了他所需的动力，推动他去实现自己的理想。现在的他应该正背着吉他周游列国，想必已经有了许多新作为。这种焕然一新的生活方式完全不同于以往为生计所迫的状态。

正是这样，我与许多人有了交集，他们令我的生活变得丰富多彩。然而，因为我与其他大部分人的生活方式有所不同，所以自然也免不了有异常孤独的时刻。

孤独

深深的孤独感时常会袭来，将我的喉咙紧紧扼住，好像腹中有一团不能消化的东西，令我无法忍受。有一次，我接受了一份工作，在一个小村里居住了八周，为一个家庭打理花草，照看猫咪。起初一切都非常美好，我很喜欢那栋小房子，白天还可以去联系附近一个“交换圈”的“换友”们。可是，在村子和相邻的城市中有一片树林，一到黄昏我就觉得它阴森森的，充满危险。一种强烈的不祥之感阻止我在天黑时走进去。因此，一到晚上我便哪儿也不能去了。长时间看电视又非常无聊，埋头读书也觉得乏味，即使听音乐也不能给我带来慰藉。身边没有朋友和值得信赖的人，我感到非常寂寞，连对自己“改变社会”的使命都心灰意冷了。

在那儿看房的日子已经过半，我还是束手无策，只好对自己说：“无论如何得干点什么了。”于是周日我走进了教堂。一位年轻的女牧师正在为二十多人传教，最后她与这群年轻人握手告别。我利用这个机会向她自我介绍。她曾经听说过我，于是邀请我参加下午的坚信礼课，让我和这些年轻人谈谈我的生活。

这些少男少女对此很感兴趣，尽管他们并不相信在我们这个社会里有人不花钱还能过得很好。他们觉得，即使能做到这样，生活品质也一定很差，所以他们想问："这到底有什么意义呢？"这些年轻人目前正在寻找好的实习岗位，以便今后能多赚些钱，他们压根不愿认真去考虑其他可能性。接下来我和女牧师进行了交流，我们都觉得这些年轻人对花钱消费更感兴趣，这是我们必须接受的事实。

因为我俩很投缘，所以还想考虑一起搞些别的活动。我坚信"有勇气的人才能有所收获"，于是大胆地向她提出了一个长期以来盘旋在脑海中的建议：用一种全新的、非约定俗成的方式来做礼拜，让来访者积极参与，一起互动。女牧师建议我草拟一篇书面方案，以便她发给教区里的其他成员，另外她还想在报纸上发布公告，并贴出海报。

周五晚上我们在教堂进行了我们的试验，他们允许我独自带领大家做礼拜。尽管女牧师事先提醒我说肯定不会有很多人来，可我还是很激动。那个晚上果然只有十个人围成一小圈坐在圣坛边。大家在我的组织下进行了一次活动：静坐冥想，觉知训练，齐唱颂歌。我掩饰不住我的失望，我们做了那么多广告，却只引起了这么少的共鸣，看来这个教堂并不适合我。

孤独感又重新袭来，目前没有新的事情可做。有一天，一位朋友打电话给我。当她问"你过得还好吗？"时，我不禁悲从心来，在电话那头啜泣不已。她很快赶过来接我，并将我带进她的圈子中。我被拯救了一晚，终于又有了自己想做并且能做的事情。可是一夜之后一切又回到老样子。我在这个村里实在找不到合适的事可做。等到看房工作一到期，我便马上如释重负地从那里离开了。

一位朋友介绍我去了另一个小村子，那里情况就好得多。我住在一栋宽敞明亮的大房子里，有两只猫和一只狗，从一开始就感受到了家庭的温暖。每天早晨我都可以遇见几个欢快的年轻女子带着她们的狗散步。对动物来说，这是件天大的开心事；对我来说，每天和这些女孩共同散步也其乐无穷。我们一起闲扯笑闹，也会谈些正经事。她们询问我目前进行这项活动的原因，我们一起讨论是否能在当地建立一个“交换圈”。当别人对我以及我的理念有兴趣时，我便会心情舒畅。在这个村里，我有种与自己的目标又近了一步的成就感。

报告

总体上我感觉不太适应乡村寂寞的生活。因此我决定从第二年，也就是1998年12月起有所改变。事实上，新的一年确实如我所愿地开始了。在新年的第一周里，明斯特的“交换圈”就邀请我去做报告。事情还得从一位年轻女士说起，在我周末的一次旅途中，我让她共享了我的车票。我们在一起相谈甚欢，谈到了新的社会结构、政治措施以及“交换圈”。她参加了明斯特的“LOWI”组织，对我的交换经验很感兴趣。临别时我送了她一本《无钱幸福》的册子。现在她又联系上了我，并且邀请我去明斯特。

我喜欢做报告，因为我愿意和别人一起分享我的故事。一直以来，我都尽力让自己的演讲生动有趣，并且每次都会对当晚的进程与成效非常期待。在过去几年里，常规的报告主题就是关于我不花钱过日子的生活，对此我渐感乏味。因为通常在这么短的时间内不太可能和观众们一起深入探讨关于发展新生活模式及社会形态的话题。

在明斯特，我建议拓展这个活动。头天晚上的报告只是一个引子，第二天早晨我举办了读书会，并与每个人单独交流。形形色色的人聚集在一起，倾听着我的发言。有些热心的年轻人问到我的政治构想，令我有些尴尬，因为我始终难以完整表达出我的理念，让那些不太有灵性体验的人们也能产生共鸣。幸好坐在我身边的"交换圈"负责人出来替我解了几次围。

第二天早晨的读书会，前来参加的主要是女性，她们阅读了我那本《无钱幸福》手册的一部分，并争先恐后、兴致勃勃地参加了接下来一对一问答的环节。我使用了以前曾经在心理治疗中使用过的塔罗牌，目的并不是为了算命，而是为了观察听众们对那些提示的认可与否。

那个周末约有二十名妇女参加了活动，每人与我交谈了约一小时，她们大都是想了解怎样去寻找自己在生活中的位置，怎样去做一些有意义并且能够让自己快乐的事情。对我来说，这比以往的任何一次报告都激动人心，因为我觉得我正在实现自己的使命，帮助他人找到自我价值。只有当个人完全自信、自立时，才能为整个社会做贡献。

有一次我去柏林作报告，在旅途中我第一次结识了我的"同道中人"，也是一些几乎不花钱过日子的人。这可是个鼓舞人心的新局面，因为我们可以交流经验，取长补短。其中有一位自称是“环球旅行家”。作为“世界上最幸福的人”，他向我们讲述了他的游历，并骄傲地展示了他“巧夺天工的双手”，靠着每天两小时的手工活，他挣到了自己的旅费和生活费，因为他的手作天赋已广为人知，所以订单也应接不暇。

还有一位木偶表演者向我讲述了他的日常生活。靠着这一专长他只能挣到仅够糊口的生活费，可他乐此不疲，因为他随时随地都是自己的主人。那位把我们大家一起请到柏林的女士，自己过的也是极简的生活，但她的日子却丰富多彩，充满创意。那天晚上的报告主要是由我来做，我尽可能将所有人的传奇经历串连起来，想让整个演讲面面俱到，可惜时间总是太短暂。

一次，有位天主教牧师邀请我在封斋节上作报告，主题是“像鸟儿一样在天空翱翔——试试看不用钱过日子”。这次我终于可以无所顾忌如实汇报那些我经历过的所有奇迹，终于无须为我那些“非政治性”言行辩护，终于没有人吐槽我的所作所为荒诞无稽。我畅所欲言一吐为快，非常享受那个晚上。在另一次做报告时，我遇见了一位男士，他也过着没有医保的日子，面对“万一骨折怎么办”这类质疑，他应对自如，用自信十足的应答堵住了那些否定的声音。

做报告虽然给我带来了很多乐趣，但我也越来越失望，因为那些演讲并不能促进听众发生本质的改变，实际效果不尽如人意。虽然他们当时态度坦诚、情绪高昂，可第二天还是照旧过着一成不变的日子。看来，只通过做报告，我显然还是无法说服别人独立驶向新的彼岸。我开始思考别的可行性方案。

其他项目

我自己的道路越走越宽，我的试验一天天进行得越来越顺，可我希望能见到更多成效，尤其盼望能有更多人参与进来。因此，我把重点放在了社交上。

我经常在为别人看房的时候邀请很多客人，让他们体验我的生活方式，或者发挥他们自己的创意。比如我在某次交换活动中认识了一位多特蒙德编织女工，当她偶尔来到我们协会并且向我们讲述她的工作时，我的眼前忽然一亮，脑海里马上浮现出了一个树枝编成的圆顶小屋。不久之后我向这位新成员说起我曾梦见过一种草药做的芳疗床，我说我希望有朝一日可以编一张这样的床，它和树编圆顶屋岂非绝配？最好整个村里都是这种放有芳疗床的树编圆顶屋，让那些精神紧张的都市人可以过来解压充电。这主意在大城市里没法实现，可当我在乡下找到合适的场地时，很快就召集了一批对此感兴趣的人，包括那名编织女工，大家一起来搭建那个树编圆顶屋。首间小屋将在荒废大花园半围起的一角诞生。高高低低的杂草灌木丛生，我们先得对它们进行修剪。我们在地上挖了一圈深坑，里面插上些粗壮的树干当做小屋的支架；然后把这些树干的枝叶相互编结起来，这样圆顶小屋的雏形就出现了。我们再用细一些的树枝密密编织小屋的墙壁。大伙儿忙不迭地干了一周，终于完工，我坐在树叶屋顶下满心欢喜。它和我童年时的树窝多么相似啊！雏形已成，剩下的就交给大自然去完善吧，待到枝繁叶茂时，这座小亭子就会变成一间真正的树编圆顶屋。芳疗床的愿望虽未实现,但我仍怀揣着这个梦想。最近我和一位女士提到了我们的第一间树编圆顶屋,她兴奋不已,希望能再建更多这样的小屋。因为她是位中草药师,所以也许有朝一日芳疗床之梦可以被她实现。

我的另一些互动项目是针对孩子和成人的。将来我要加大这方面的工作力度,因为这能够促进社会的革新。将不同年代的人严格分隔开来是我们这个社会的一大弊病。我经常观察到,孩子们可以迅速打成一片,一起参加冒险活动;而成年人相对就慢得多,他们经常有所保留,谨言慎行。如果能让成年人与孩子们一起组团活动,将对双方都非常有益。

有一次,我们组成了一支混合队伍,打算徒步穿过一片人迹罕至的树林。有一位住在附近的女士带着我们这些城里人去她最喜欢的地方,那里有某处经常能见到白鹿。我们蹑手蹑脚地接近那处秘境。忽然间我们听到了清晰可辨的鹿鸣声,这种声音我以前只在电视里听过。我们继续慢慢向前挪动,忽然间又传来了另一种声音,听上去像野猪愤怒的嘶吼。前方的鹿鸣与两旁的猪嚎声此起彼伏,听上去危机四伏,令人不寒而栗,就连向导也劝大家立刻掉头。大家连忙集体撤退,我的心提到了嗓子眼,我想其他人也一样。

我们很快逃离了野猪的势力范围,然而眼前却出现了奇异的一幕,有两只高大的野鹿正在决斗!那两头华美的动物一次又一次咆哮着向对方发起攻击。“就像电视里的一样呢,”我想,“这可是真真切切发生在我的面前啊!太刺激了!”

晚上大家一起讲冒险故事,大人小孩彼此专注倾听,每个人在此都受到了应有的尊重。我非常高兴,觉得离自己的理想又靠近了一步,虽然是很小的一步,但也很重要。

另外,从原本很现实的交换中,还经常能够发展出超越物质的深度互动。例如在另一城市举行的“交换圈”见面会上,我与两位女士萍水相逢。她们希望在海边度假,我就邀请她俩到我正帮别人看家的住宅里来同住。白天她们开着车到处游玩,有时会带上我一起去;晚上我们几乎一直形影不离。一周结束后,我们之间由不经意的交换而产生了真正的友谊。

文化生活

以前,我常去戏院看表演,并且乐在其中。上文理中学时,我享有订票折扣,常常物尽其用。后来我成为汉堡戏院的常客,刚开始住在多特蒙德时,也经常去艺术中心。当我做出了“不花钱过日子”的决定后,我想,是时候和戏院告别了。

其实我内心深处是不愿意放弃文化生活的。最早的应急解决方案是去认识住在附近的一位演员。我与她攀谈了起来,后来她邀请我看了一部由她主演的戏。作为回报,我请她到我家吃饭。后来她搬走了,可我还想继续看戏,于是便有了一个大胆的解决方案。

我拿着“供求交换清单”反复研究,看看里面是不是有跟戏剧相关的人。到底有没有?一定会有的!我坚信不疑。果然找到了一位剧场灯光师,他负责的区域正好在舞台表演范围的上方,也许他可以带人进去呢?对于我的请求,他回应道:“没问题,那儿可以让你参观。”

星期三晚上我们在售票处见面了,他带我参观了像我这样的局外人无法探知的舞台“内幕”。我看到了暗室，长廊，最终来到了有栅格地板的阁楼上，灯光师就在那儿工作。那上面很有意思。他让我坐在一个射灯后面，这种灯有很多，排成一排。演出时，里面只有两到三盏灯会亮。其中有些灯一开始就设定好了位置，另一些则是在整个演出过程中随时变动，为了让演员能够及时位于相应的灯光下。灯光师必须全神贯注，甚至要保持紧张，因为他们肩负重任。万一灯光打偏了，或者让某位演员提前消失在黑暗中，那整部戏就砸了。我静静地坐在灯光师后面，大气都不敢出，觉得一切都非常新鲜。

尽管这里的音响效果并不怎么好，可我也无论如何都不愿和下面的观众交换我的绝佳位子。透过栅栏的空当，我可以看到舞台以及前排座位，能够完全了解舞台上所有的演出内容。中场休息时我还可以来回走动，仔细地到处查看，或者透过幕布窥视观众。不花钱看戏得到的体验简直比以前更好呢！

我有一位朋友是戏剧顾问兼编剧及导演，以前我通过她曾了解到一些台前幕布后的情形。我可以观看彩排，见证一幕戏怎样慢慢展开，怎样渐入尾声；我可以参加激动人心的首映式；有机会的话，我还能成为特邀嘉宾坐在前排。作为回报，当这位朋友全心投入创作，筋疲力尽之际，我便教她做一些放松身心的练习。这种等价的“供求交换”是我所乐意的。

我的另一名朋友也是位制片人，那些对“供求交换中心”最初的报道之一就是她的杰作，之后我们就经常碰面。她也会让我参观她的幕后工作，我终于明白，为什么有些片段必须不断重拍才能呈现出应有的效果。

连续三次，我幸运地被朋友的孩子们邀请去马戏团，现场观看他们的表演。无论是在空中吊架上，还是在表演内场中，这些小“杂技演员”的吞火绝活或骑马炫技都令人叹为观止！事情的起因是这家杂技团策划了一种新颖的参与性节目，广受欢迎。学校的所有学生都可以去他们那儿，在专家的指导下进行为期一周的训练。最后，这些马戏“新秀”们将会为大家奉献一场自己的表演，他们的出色演出当然赢得了无比热烈的掌声。

连木偶剧场也推出了可让孩子们共同参与的“表演周”，“体验式”文化节目的流行看来已经势不可挡。我觉得这是件好事，可让观众积极参与其中的“沉浸式体验”能够帮助年轻人亲身实践，独立思考，远离持续不断的媒体洗脑以及电脑游戏。

清洁工作

我前面曾说过，1999年应是全新的一年。一开始一切都如我所愿，生活丰富多彩：四处演讲、游山玩水、交朋结友。可是后来情况渐渐不妙。我的看家服务都被预定到了3月份，可这之后我不得不又一次给自己按下暂停键。这种日子并非真的称心如意，我闷闷不乐，又一次感觉到内心的躁动，希望能够从中挣脱重寻出路。我当年的誓愿是要尽我所能，让人们和平共处，可这并不能通过我给别人看家来实现。看家对于我来说，作为全职工作也毫无问题，因为有一大堆需求在等我，甚至还有外国人邀请我到国外为他们看家。可我不想把看家作为我的工作，我只是想通过我的经历向人们传达一些理念。一旦发觉没人对我的感悟真正有兴趣，我便会立刻心灰意冷。

我决定不在德国境内四处奔波为人看家了，而是回到我之前选择的第二故乡多特蒙德。我在四个不同的住所中轮流居住，用各项服务换取居住权。我的食物来源基本还是有机商店和烘焙店，经常还有些朋友请我吃饭。“供求交换中心”一直正常运转着，发挥了很好的作用。只是我的精神生活并不如意。我心事重重，又感觉到胃里那种熟悉的堵塞了。

不知何时，我终于决定停止纠结，振作精神，不再自责。既然在多特蒙德几乎没人对我的脑力专长感兴趣，我决定转向体力活。是的，我重新认识了我的双手，并吃惊地发现，它们居然无所不能！看来它们最爱扫把，但凡看见一把，抓起就扫。它们把整栋楼从上到下扫得干干净净。因为打扫只能支付一半房租，所以它们又四处擦洗。它们把庭院、人行道、住房和办公室都擦洗得一尘不染，乐此不疲、精力充沛！哇！我现在成了真正的清洁狂，清洗任何一样东西都令我兴奋不已。茶杯、酒杯、盘子……施韦尔默什么都洗，并把它们擦得光可鉴人。期间，我脑海中的另一个我小心翼翼地出来发问：“难道你参加的大学教育和职业培训就是为了现在来做清洁工？为什么你要去做自己并不拿手的事情呢？你难道不是一个失败者吗？止步不前，消磨时光！你的政治抱负和社会理想在哪里？它们都到哪儿去了？”可我并没有屈服，努力为自己辩解：“这并不是我终身的职业，只是过渡而已。”我试图安抚自己内心的声音：“我的生命中还有很多必修课要上，这也许就是其中的一项。我不得不先清除自己的傲慢心。既然我们生活中到处需要清扫，为什么清洁工作总被视作一种卑贱活呢？为别人清扫也是一种承担责任的表现。如果每个人都能有意识善待周边的环境，就一定能减少垃圾的产生,也并不会随意处理它。就这么简单!”

尽管说得理直气壮,可事实上,这种疯狂打扫也并非我真正的爱好。但是经过这段艰难岁月后,我身边各个角落都对我露出了笑容,我重新把心态放平,看问题也比之前更加透彻了。

几乎每天我都要坐轨道交通。举个乘车途中的例子,您是否注意过那些被称为“垃圾场”的车站?您是不是屏着呼吸,直接从这脏乱不堪的地方跑过去?我还发现,有个特殊的楼梯通道总被某些人当成卫生间,他们不仅在那里留下了骚味难闻的小便,更有甚者还随地大便,臭气熏天。所有乘客都对此感到震惊,每天都听到有人骂:“太无耻了!”大家都觉得,一旦逮住那些随地大小便的家伙,绝不轻饶他们。

当然,人们在愤怒中忽略了一件事,这种显而易见的肮脏只是整个环境污染的一个缩影。而在我们的江河湖海中,未经处理而倾倒进去的污染物和化学物,并不那么容易被闻到,通常也无法被看见。我们常常忽视了这些更有害的物质,因为它们很容易四处消散,不像车站里的粪便那么醒目。人们对这类环境污染往往觉得事不关己。当然,绿色和平组织以及其他类似组织对于环境保护的贡献功不可没,这是极其重要,也是意义非凡的。可我们作为个体并没有完全尽到义务。如果小到个人都不改变自己,大到社会如何进步呢?“一屋不扫,何以扫天下?”共享公寓就是个例子,那里的住户们常常闹翻,有些人连自家门口都不愿意打扫,仅仅因为那是室友弄脏的。

九个月来我主要都在清洁打扫,其间我也会从事些电脑工作,接受一些采访,并且提供一些咨询。虽然有大堆事情可做。但我有种感觉,真正对我具有重要意义的事情即将来临。

烦躁

有些时候，烦躁是如此折磨我，让我必须从日常生活中逃离。为了汲取新的能量我不得不采取一些行动。我有一位朋友在另一座城市里管理一个"交换圈"，我们不时也会相互联系，我听说他们将举办一次集会，便问她我能不能在这个集会上做报告。因为我曾在之前的集会上做过报告，于是我朋友马上便答应了："好啊！为什么不呢？其他'换友'每次听你的报告都非常感动啊。"那里可以过夜，因此我打算重现上次明斯特行之有效的节目：先做报告，第二天进行读书会并且单独交流。

那晚大概来了二十多人，他们对新鲜出炉的交换表比对我准备的节目更感兴趣。"我不属于这里。"一进房间我就有这种感觉。我希望自己最好能马上离开，当然我还是留下了，做了一场报告。不过我的表现毫无激情，缺乏感染力，听众们也听得索然无味。后来，人们对"交换圈"的管理问题起了争执。特别是有个开始看上去非常安静平和的男子，忽然变得怒不可遏，我们怎样劝都无法让他安静下来。我那位朋友以前经常跟我说他们的协会如何和谐，那晚她也只能目瞪口呆地看着这一幕。我感到自己有责任。可能是我让自己的不满扩散了出来，引发了这场分歧。火药味以及负面的情绪蔓延在空气中，大家显然受到了传染。最终这个晚上没有得出什么有意义的结论，第二天也不见得更好。我心灰意冷地回到了多特蒙德，对自己说，是我的烦躁令我做了这件令人后悔的事，白白消耗了精力。

另一次的情况稍微好些。烦躁情绪又促使我想去参加一些活动，于是我想起自己还可以去领导一个心理治疗小组。这是我以前常干的事，可是现在原则上不做了。总之只要是做与打扫或者擦洗无关的工作就行，这才是最重要的。在“知识商店”里有很多空房间，我们在那里放了一圈椅子，供小组活动。以前的心理治疗一般是按照孩子、成人、不同年龄层的女士或者男女混合等情形来分组进行的。但是我一直想将所有人不分男女老少全部放在一个组里，现在我终于有了一次机会。

首先我邀请一位父亲带着他两位未成年女儿参加我们的小组，他很高兴我能邀请他，因为这能让他每周和孩子们共度愉快的一天。另外有两位正在失业的女子也愿意报名。有三位年轻男子也在我“要不要试试看”的劝说下加入了进来。在地铁里，我遇见一位很久没见过面的女士，也请她一起来参加这个活动。第一天晚上所有人都坐在那里，对即将开展的活动满怀期待。而我和以往一样，没做任何准备，一切都顺其自然。我把想法告诉大家，小孩们马上有了许多主意，角色扮演、讲故事、集体游戏……一开始大家一起唱了一首汉纳斯·瓦德的《问候歌》：“朋友们，听我说，很高兴今天到这里，见到你们真开心！”我的“感知训练”受到了所有人的欢迎，然后我们开始讲接龙故事，大家一个接一个地编故事，每位成员都兴致高涨。可当大家第三次碰面时，我脑海中那个经常回响在耳边的问题又出现了：“这到底有什么意义呢？我们难道不是在消磨时间吗？”对小组成员们来说没有任何问题，问题在我身上。因为相同的活动我之前重复了太多太多次，我已无法从中提升，我的烦躁令自己又退回到了以往的状态中。不过幸运的是，这一切很快自然而然得到了解决。这栋房子马上要进行翻修，我们的房间要用来应急，小组活动于是取消，再好不过了！

盗窃

在我为别人看家时，我听说过很多盗窃事件，许多房主家中都有过失窃的经历，并安装了特殊的报警系统，我作为看门人自然要多加防范。所以每次外出时，即使是短时间的散步，我都会把所有的百叶窗放下，所有的锁都锁好，并且把栅栏关好。有一次我为别人看的房子外观非常简陋，但里面的装饰品极其贵重。这种情况下，简朴的外表就是房子的防盗保护。有一次我差点拒绝为别人看房，因为被栅栏外面围着的铁丝网吓了一跳。基本上，在大城市里的那些房主都会注意防范盗窃；而在乡村，邻里们大都说他们没怎么听说过有小偷。即使有，大家也会一起帮助受害者。有一次我在乡间居住，恰逢邻居家被盗，他马上通知了周围的所有住户，大家齐心协力向他施以援手，并一起商量怎么避免类似的情况再次发生。

我又一次问自己：为什么有人要把属于别人的财物据为己有？在我的理想世界里，没有人会侵占他人财物，因为人人都无需拥有私人财产。

第五章　童话成真

“星星银币”的童话

从前有个虔诚善良的小女孩，自从父母双亡后，她一贫如洗——没有小屋住，没有小床睡，最后，除了身上那套衣服和手中一块好心人给的面包外，她真的一无所有了。因为只剩孤零零一人，所以她决定到外面的世界去看看。一开始她遇上一位穷人，对她说：“啊！给我一些吃的吧，我太饿了！”她于是把自己的面包给了他，然后继续往前走。

迎面又来了个小孩，向她哭诉道：“我冻坏了，给我一些东西避避寒吧。”她就摘下自己的帽子相赠。没走多久又来了一个小孩，没穿内衣，冷得发抖，她又把自己的内衣给了人家。继续往前走，有小孩问她要裙子，她也答应了。最后，她来到一片树林，天已经黑了，又有小孩向她要衬衣。女孩想：“天已经黑了，没人看得见我，把衬衣送人也没什么。”因此她把衬衣脱下来给了那孩子。

现在她真的完完全全一无所有了。正当此时，天上忽然掉下了很多星星，变成了一堆实实在在闪闪发光的银币！虽然她刚把衬衣送人了，马上又有了一件新衣服，还是用最好的料子做的。她收集起那些银币，从此过上了富足的生活。

放手

什么都没有改变。在孩提时代我就知道，童话里的世界更美好，那里不光有“星星银币”，还有正义最终战胜邪恶。这些故事赋予了我力量，它们陪伴我，帮助我，一直赐予我勇气。相信童话的我自然受到了许多冷嘲热讽。“啊！又是你和你的公主仙女们的故事！”人们总是这样嘲笑说。“现实世界可不是童话，看看你周围那些贫困、痛苦和疾病，你只是沉浸在一个虚幻世界里，现实是残酷的，我们改变不了它。”

什么都没有改变，直到今天我听到的还是同样的话——现实世界是完全不同的，我们不能改变什么。人们常这样对我说：“对，也许你可以改变，你并不需要承担责任，你一个人生活，想怎样就怎样。可是我们不同，我们必须适应社会，我们必须赚钱养家糊口。”

尽管如此，可我还是坚定不移地认为在童话里面隐藏着许多事实——这个世界是美好的，有很多值得去冒险的地方。童话里包含着很多寓意，如果意识到这一点，你很快就能发现，童话其实是在影射现实。善与恶始终并存，所有的巨人、法师、女巫、矮人、王子、仙女、王后，都属于人类潜意识里的形象。所以我们每个人都有能力重塑和改造我们生活的世界，使其向好的方向发展。我们只要找到一条正确的道路就行，就像那“星星银币”童话里的女孩一样。

童话里的那位女孩倾其所有帮助他人，并坦然地接受眼前发生的一切。她带着清醒的眼光观察世界，一路走来，收获良多。而我们往往固守在自己城堡中的小小一角，整天以自己为中心来考虑问题，根本无法感知身边发生的一切。我们令自己身陷囹圄，渐渐失去活力，如井底之蛙般，缺乏享受生命的空间，只能以无所事事来消磨自己的光阴。

“可我们该怎么办呢？”我经常被问到这样的问题。“难道要我们像童话里的那个女孩一样放弃一切所有去周游世界？”我的回答是，我们不用原样照搬她的方式，但是我们要学会放下，学会打破常规。因为很多既定的规则只能将我们禁锢其中，令自己的人生格局越来越狭窄。所以首先要和那些不适合自己的东西告别，换句话说，唯一的出路就是重新思考审视自己的现状，找到自己感到不适的因素并去改变它，同时勇于承担后果。这种改变并不是一朝一夕就能做到的，需要一步步慢慢来。

这也许会很难。我有过切身体会，因而了解其中艰辛。曾几何时我下定决心要做教师，因为我热爱孩子，喜欢和他们一起发挥创意。可最终我还是放弃了，因为那并不适合我。几年后，我又一次放弃了，在亲人与朋友们巨大的担心中离了婚。他们谴责我说：“你还有两个未成年的孩子要抚养，又没有任何保障，你怎么能冒这么大的险？”可我觉得，如果我一直还按原样生活下去，我一定会病倒的！但没人在意这一点，他们坚持说：“我宁可你生病，也不希望你生活没有保障！”

然而我对自己迈向自由的步伐绝不后悔，我坚信，我迈出的这一步，即使不适合每个人去原样照搬，但也可以给其他人带来勇气。

有一次，来自另一座城市的某人找到了我，因为他不知道在生活中应该何去何从。他正处在一段感情的危机中不知所措。他觉得女友不理解他，对他也不公平。我和他试着一起分析，他究竟想要什么。他其实早就清楚自己想要脱离这种违心的生活，可又没有勇气这样做，总是为自己寻找各种各样的借口。后来我向他解释道，他应该把目前这种处境作为人生中的机遇来看待，学会放手，放弃那些并不合适自己的东西。“你的女友对你的折磨其实从另一方面来说也是一件礼物，因为它让你看清了，你的生活存在问题。接受这件礼物并勇敢承担后果吧！”我们的对话让他有所醒悟，也许他能成功走出一条适合自己的道路吧！

新的价值

我们目前的社会价值观是在短短几百年前才产生的。这是一种基于理性的价值观，随着时代的发展，它日益把直觉或感性排斥在外。那些能够比别人领悟或者感知更深的人总是受到无情的迫害。即使在今天，这些惊世骇俗的挑战者仍经常引发众怒，他们勇于实践，想法与众不同，脱离传统价值体系，因此往往要直面各种非议和指责。

一次我为一群老年妇女做了一次报告，这是她们每年所听的众多演讲中之一。参加这种报告会，大家还能一起喝喝咖啡聊聊天，然后各自回家。这样的演讲属于娱乐活动，由两位社会工作者负责寻找演讲者并确定主题。十年来这个活动一直进行得风平浪静，到目前为止都没有出现过什么群情激昂的场面。

可我做演讲的那次，情况却发生了变化。我刚开始讲述自己的生活经历，听众中就有人发表意见。我不淡定了，表现得有些激动。那些妇女越来越坐不住，有一位女士忽然站了出来，捶胸顿足，大口喘气。一名工作人员将她带回了家。会场一片骚乱，老太太们齐声指责我，我试图为自己辩解，可没有任何作用，因为我压根不知道，究竟哪里得罪了她们。

那两名社会工作者丝毫不觉得本次演讲不成功，相反，她们很高兴这些老太太终于能够积极参与了。我们试图一起分析这背后的原因，找到了一种与价值观有关的解释。这些妇女曾经做过二战“废墟清洁工”，她们靠自己的双手辛勤工作，令德国在二战之后得以重建。其中许多人失去了自己的家园，变得一无所有，必须白手起家，从头开始。她们切身体会到贫困和资源匮乏的痛苦，因此她们对我“不花钱过日子”的提议缺乏共鸣。我的理念和旧的价值观有所冲突，是建立在新的价值观的基础上，那是她们不愿也无法理解的。当初的艰难困苦还记忆犹新，她们发誓绝不再次经历那种痛苦，因此要倾尽全力捍卫自己重新获得的财富。而我的贸然闯入则忽视了对方的心理需求，让她们觉得我挑战了她们的防线。她们不希望在生命即将走到尽头的时候再去尝试任何新试验，她们已经做了自己的主人，没有人可以非议她们所过的生活。

也许我的语气太生硬，也许我过于急躁。没能和她们平心静气地讨论问题，这令我觉得很遗憾，因为以往我和别人交流经验和价值观的时候总是受益匪浅。我感到自己今后要更加注意言辞，宁可多发问也好过自说自话。

对神的信仰

一年前，我被一所教会邀请去做报告，那里的负责人讲话时三句不离“神”这个词，令我非常反感。“亲爱的神会这样，亲爱的神喜欢那样……”说起来没完没了。不知何时她发现，我在报告中从来没有使用过这个她最爱的词，这令她不悦了。在休息时她私下把我拉到一旁，当面提出了她的意见。因为她不了解我，所以也无法明白，我对她过度滥用“神”的概念非常抵触。我很快联想到少年时代的那些牧师，我从来都不相信他们，因为他们让我感觉到他们在骗人。而且我也联想到小弗里茨的笑话。他从柏林搬到了巴伐利亚州，在生物课上，老师问他图上那个机灵的小动物是什么。“哦，俺原以为那是只松鼠。可是，自从俺去过了这里的商店，俺就觉得，那肯定是亲爱的小耶稣吧！”他说。我不正是在巴伐利亚州做报告嘛，所以非常能理解小弗里茨的意思。

我在这所教会里待了一周时间做客，为不同的人群做演讲，也提供单独咨询。在我离开前的一晚，本来还剩最后一场集会，可电话铃响了，我第一天晚上认识的教会负责人打电话过来，说我无论如何也不可以在公开场合露面了，今晚的活动必须取消。

继而我才知道，原来她看了我一本《无钱幸福》的册子，认为我是在与“恶魔”勾结，她要从“恶魔”手中保护自己的信徒。我们就此开诚布公地讨论了信仰问题。我向她解释说，我把不同宗教里的某些概念结合起来为我所用，所以我属于“杂家”。在我还持“无神论”的那些年里，我的公开身份还是天主教成员。谈话进行得很顺利，这反而令我对她之前大惊小怪的反应疑惑不解。后来我仔细想了想才明白，目前对于许多不同的教会来说，教派之争还是很严重的，他们很害怕成员会另投别家教派，而我惊世骇俗的言论被莫名其妙地归作某个派别了。

这件事令我想到，不久之前我和一个朋友讨论过我这本书，他问："你难道不能把里面关于神和天使的言论去掉吗？否则你只会吓跑你的读者。"我仔细考虑过他的批评，但最后还是决定按照我自己的想法做。我已经花了太长时间才感受到神的存在，我非常了解，在我们这个社会里持有这种信仰的人经常会遭到嘲笑。可是，我还是坚定不移地坚持我自己的想法——对我来说，对神的深信不疑是我在过去几年内最大的收获。我明白，我们心里有一部分是被神所主宰的，再强烈的情感都不能动摇我们。

在那个"星星银币"的童话里，小女孩是带着对神的虔诚信仰走进大千世界的。她无所畏惧，因为她知道，神在关怀和保护她。我对神的信仰并不是盲目崇拜，而是基于一种认识，即我们同宗同源，我是其中一分子。我有自己的使命，和每一个人、每个动物、每一株植物一样，同属于这个世界。意识到这一点，我就能获得内心的平和。

供求平衡

其实对于童话里女孩的一味付出，我也并不是特别欣赏。至少，她可以把面包一分为二，然后和那个人一起分享。可她没有，她把面包全都给了别人，自己独自前行，直至最后她也是孤身一人。

通过交换服务，我能够与各类人群打交道，这是提高我生活品质最重要的原因。以前我过着为金钱所迫、忙忙碌碌的生活，只能在业余时间维系友情。与之相比，我现在的人际交往要密切得多。没有金钱的介入，人际关系发展出了新模式，与他人交往一下子变得至关重要，人们不得不彼此密切联系，共生共存。

有一项科研报告调查了哪些国家的人最为幸福，结果令人难以置信——那些来自特别贫穷且常常受自然灾害威胁的国家的民众，从统计数据上来看却是最幸福的。在被调查的五十个国家中，富有的德国人排在倒数十名之内。这说明，物质上匮乏的人们会自然而然地紧密团结，相互帮助。二战结束初期，在重新获得自己的住房和存款之前，我们所有人也同样齐心协力，不分彼此。后来，大家为了守护自己新拥有的私人财产，才又各回各家，界限分明。

不久之前我看了一部名叫《非洲人在巴黎》的纪录片。三名巴黎新移民来自一个非洲小村庄，那儿几乎所有事情都由全村人一起共同完成。这三人去了巴黎后，分别成为了舞者、鼓手和设计师。他们事业有成，赚了很多钱，每个人都为自己买了豪宅。可不久之后，三人都开始思念那个之前怎样都留不住他们的小村。而村里的乡亲们却又非常羡慕这些能够走出山村闯出一番事业的成功者，他们平和的心态也被打破了。

这好像是个两难选择，但其实鱼与熊掌是可以兼得的。并不是说要么贫穷要么富有，要么幸运要么不幸这样极端，我希望大家去寻找一种共同的方式，让每个人都过得真实而有意义，在奉献与接纳、主动与被动、忙碌与休闲、行动与思考之间寻找关联与平衡。我认为这种全局视角才是新时代的生存法则。

我自己也是这样做的。放弃金钱这一过程不重要，关键是其所产生的结果，它让我可以随时做自己想做的事。这对那些从事正常工作的人来说是不可能的。哪个雇主会让自己的雇员三天不上班而去冥想禅修？哪家企业会雇用一位失业者仅为他们工作一天呢？我们社会的经济决定了规则非此即彼，既给人身不由己的压迫感，又令人产生依赖。

您可能会问我，我们现在到底该怎么办呢？放弃金钱去获得新的自由？这当然不是解决办法。唯一能做的，就是每个人都活出自己，主动转换思路，积极自我成长，找到自己内心的平衡。

投射

我在收音机里听到一档关于友谊的节目。里面谈到，那些知识分子几乎不会在邻居中找到朋友，他们的交往对象大多在其他城市或其他国家中。这个话题令我很感兴趣，我于是和不同人谈论此事。大多数人都觉得物以类聚，人以群分，同频的人才会有共同的爱好和相似的人生观，才可能成为朋友——一位教授和一名普通匠人有什么可谈的，一位女记者和一名女售货员又能聊什么？

可我不这么认为。对我来说，每个人都是潜在的朋友。不过，我自己也是经历了很长时间才意识到这一点。以前我常会抱怨某些朋友，对他们的一些做法感到无法理解，觉得自己在某些情况下跟这些所谓的朋友难以共事。可没多久，我就发现，即使是换作别人，他们也会对我造成同样的困扰。我由此产生了疑问，为什么不同的人都会做出同样惹恼我的事情？甚至用来打击我，令我丧失自信的言辞也都一样。或许问题出在我自己身上？或许与其怒气冲冲，不如更好地去倾听别人。我自己内心越强大，就越能接受别人的批评，也就越能够与其他人建立稳固的关系。

下一步就是要能够容忍其他人，我不仅要包容朋友，更要包容那些反对我、令我烦恼甚至令我讨厌的人。越深入思考，我就越明白，这种反感其实与我自己有关。如果别人的种种行为令我不满，比如装腔作势夸夸其谈，或口无遮拦，或有种无法形容的自以为是——其实是因为自己身上或多或少也有这些毛病，而且内心并不接纳这样的自己。

也许我们就像未经雕琢的钻石一样，打磨得越精细，价值就越高。然而这一过程往往很痛苦，需要我们一次次从中领悟，慢慢与一些顽固的陋习告别。终有一天，当所有粗糙的地方都被磨平，你的人性也开始熠熠生辉。在此过程中，周围那些友好或不友好的人，你都可以把他们当成自己的陪练——不管什么人都是来帮我们完成这一目标的。

当年我与协会里的人一起做饭、聚餐的时候，经常会出现一个陌生人。每次当大家把碗碟都在桌上摆好之后，他就会适时出现，然后大模大样地大吃大喝，因为他知道这里所有的东西都是免费自助的。仅仅有那么几次而已，他会在走之前表示感谢。我很生气，忘记了自己应该与人为善的原则。有一次我对他说了不客气的话，这位蹭吃者消失了一阵子。当他再次出现时，我已经进行了反省，并对自己有了进一步的认识。我发现，我之所以发火，是因为我很清楚地记得，在我的“新生活”开始的时候经常被人称为“寄生虫”，为了摆脱这个讨厌的称号，我拼命设法偿还别人的“给予”，绝不让自己白占便宜。现在这个人到我们这里来随心所欲地大吃大喝不劳而获，还竟然那么轻松就能做到如此心安理得。我当时可是好不容易才让自己心理平衡的，可能正是这一点导致我如此生气。

然而随着时间的推移，我也渐渐觉得之前的推论也不一定符合现实，毕竟他是他，我是我，他也不可能跟我的状况完全一致。这次我自己完全想通了，付出与接纳并不是一定要在此时此地同时完成。想通这一点后，我就能很容易接受这个人，并重新对他表示友好了。

另一次的情况则直接和我的自身行为有关。那次我感冒得很重，不停地咳嗽并且头疼得厉害。一位来访者出于好意，对我关怀备至，给了我非常多的建议，虽然这些建议对我毫无用处。我本应该保持微笑，有礼貌地感谢他，往好的方面去想，少说多听，但我却没有做到。毕竟对于疾病，我自己已经反复研究了很长时间，思考它们从哪里来，我可以从中得到什么启示，等等。而今天这个自作聪明的人却把他的建议强加给我，令我非常生气。当这家伙终于走了之后，我的愤怒始终没有平息。我反复思考自己怒不可遏的原因何在。忽然间，我仿佛回到了从前，看到了自己在阳光明媚的山坡上和一位朋友坐在一起。她当时正在喘息、咳嗽、流着鼻涕，我则向她滔滔不绝大谈特谈与她毫无关系的疾病。她不得不“保持微笑，往好的方面想”。这虽然已经是很久以前的事情了，可我对她说的话和刚才那位令我生厌的探望者几乎同出一辙！我之所以会如此生气，也许深层原因在于我知道自己改不了自作聪明的毛病，于是通过生气来自我惩罚。我再次下定决心，今后不要试图自以为是地教别人做事。不久之后，当那位聪明的来访者再次出现时，他无心的“指手画脚”换来的已经是我真诚的感谢了。

许愿的力量

在许多童话故事里，经常出现“许愿”的情节。比如说，有位好心的仙女慷慨地愿意满足人们三个愿望。交了如此好运的人，大抵在激动之余都缺乏冷静的判断，前两个愿望瞬间就脱口而出，往往是无关紧要的东西。而最后一个愿望总是要求回复原样。到头来人们只对错过的机会追悔莫及。这样的童话经常让我沉思，如果换作我，我会向仙女提出什么愿望呢？

尽管童话给了我勇气，但我也明白它们毕竟只是美好的象征而已。这种许愿的故事对我来说还是完全不现实的，我从来没有想过，自己有一天能够梦想成真。但事实上，不久以前，我的许多愿望真的实现了。

这还得从我向上天发出的“心愿单”说起。那时我还在使用金钱进行真正的购物，在出发之前，我脑海中会浮现出即将出现的场景。有一次我需要一张地毯，它应该价廉物美，而且是我想要的那种颜色以及质地。我在出发之前短短地冥想了一会儿，去感受在哪家商店里有这种地毯，脑海中便很清晰地浮现出那家店的名字。我直奔那家店，一进门我就四处搜寻我的地毯。一开始没找到合适的，正当我已经准备放弃时，忽然瞅见了一个价格牌，原价九百九十九马克被划掉了，新的价格是九十九马克。这张地毯质量上乘，毫无瑕疵，连店员都认可这一点，但他也无法解释为何要降价。“本来这样的产品是不会降价的，可能是弄错了。”他本想弄清楚究竟，可后来还是睁一只眼闭一只眼，将地毯抱给我说：“趁没人注意，您快走吧。”这块高级地毯仿佛定做的一般，配我的屋子长短丝毫不差。

在多特蒙德的跳蚤市场上，我经常能够找到正好想买的衣服。我发出“心愿单”后满载而归，比如五马克的星光闪烁的蓝色马海毛上衣和四马克一条点缀着星星的闪亮白长裙。常常是在我即将放弃时，却在最后的摊位上发现了心仪的宝贝。当我想要得到某样东西的愿望不那么强烈时，它们反而自然而然地出现了。

我向别人说起这些事时，他们经常回答：“我怎么祈求许愿都不灵啊。”我的经验是不要太执着，放松心态反而能成功。到后来，我根本不需要专门有目标地去许什么愿了，但凡我惦记着的事往往都能实现。于是，童话渐渐成真了。

我想起不久之前看过的一部情节紧张的侦探片。影片里讲到一群野生的骆驼的故事，一些单亲的骆驼妈妈为了更好地保护自己的孩子，会团结在一起生活。当落单的母骆驼带着孩子寻找这样的大部队时，万一遇到的是心怀不轨的公骆驼群，她可能会被抓住惨遭强暴，她的孩子也会被当作公骆驼的潜在竞争者而被杀死。如果母骆驼和孩子能找到正确的驼群，则不会发生这样的惨剧。动物有很强的直觉，知道它们该怎样去做。而我们人类早已丧失了这种本能，因为我们相信靠现代科学技术可以掌控一切。这种观念有待扭转，我们应该找回自己本能的力量，提升新的意识维度。有幅画可以诠释我对“新人类”的构想：他的根基深深扎入大地，同时身上的万丈光芒直达天际。这是一种理想主义的幻想，但我觉得并非天方夜谭。我们只需发掘出自己真实的潜能，并能随时自由运用它。我发现有一个童话可以象征性地解释这种可能性，它就是安徒生的童话《丑小鸭》。

丑小鸭

从前有一只鸭妈妈坐在它的七只鸭蛋上孵小鸭。从六只鸭蛋中准时孵出了六只可爱的小黄鸭，可第七只蛋比其他的鸭蛋都大一些，需要的孵化时间更长。最后终于出来了一只小鸭子，可它一点都不可爱，而是憨憨大大的，长着一双黑色的大脚。鸭妈妈很奇怪，但她看见这第七个孩子同样健康活泼，也就欣然接受了它。第七只小鸭游起泳来比其他几只更灵活，鸭妈妈很为它感到骄傲。有一天，它把七个孩子带到农场，通常它们在那里都玩得很高兴，那里的鸭子们很喜欢这些可爱的小黄鸭，可当它们发现了那只灰色小鸭子时，立即流露出鄙视的神情。尽管鸭妈妈一直还在捍卫它最小的那只宝贝，但还是有越来越多的动物聚集起来嘲笑丑小鸭。终于这个小家伙说了一句“我不属于这里！”，便离开了。

它穿过一大片草地，最终来到了一个池塘。那里住着许多野鸭子。它坐进一艘船里边休息边想，我虽然没有哥哥姐姐们那么美丽，可我也是同样有价值的。这时候飞过了三只野鸭子，它们嘲笑坐在那里自言自语的灰色丑小鸭。“终有一天我要证明给你们看！”小家伙想着便睡着了，梦见和其他的灰鸭子在一起。忽然响起了一声枪响，那是猎人在捕猎野鸭。丑小鸭被惊醒了，它藏了起来，直到猎人走开。“这里太可怕了，我也不属于这里。”它说着便继续上路了。

它来到了一片阴森森的树林，感到非常害怕。“我也不属于这里。”它轻声说道，便继续往前走。它走进一间小屋子，那里亮着灯光。这房子是一位老奶奶的，她与她的猫和鸡生活在这里。丑小鸭很冷，它穿过一个墙洞进了屋，老奶奶很高兴小鸭的来访，让她的客人坐在火边烤火。当她睡觉后，猫和鸡对丑小鸭说：“你不下蛋也不能孵小鸭，你对我们主人来说是没有作用的。”“我也不属于这里。”小鸭说着便走了。

丑小鸭到处寻找自己的家，它来到一个小湖边，在这里它可以不受干扰地独自居住。白天越来越短，黑夜越来越长。有一天晚上它看见一群美丽无比的白鸟飞过，它希望自己也能和它们一起飞。然而它只能在池塘里游来游去。一位好心的农夫收留了他，把它带回了家。可当农夫的孩子们来回奔跑喧闹时，丑小鸭感到了害怕。“我也不属于这里。”它说着推门而出。

在雪地里，它发现一个洞穴，在那里度过了一个冬天。待它醒来时，发现身旁有一汪湖水，它沐浴在阳光中，聆听着身边百灵鸟的鸣唱。它发觉自己更加强壮了，便缓缓走入水中，离开岸边向着湖中央游去，忽然间它看见三只美丽的白鸟，就像它曾仰慕过的那些在天空飞翔的白鸟一样。丑小鸭原以为它们肯定也会嘲笑它，可它们并无此意，反而友好地对它说：“你好，兄弟，你是新来的吗？”丑小鸭疑惑地低下了头，看见了自己在水中的倒影。它不再是又灰又笨的样子，而是一只白色的美丽鸟儿，像其他三只那样。“我是什么？”它问。“你当然是一只美丽的天鹅啊！”其他天鹅说。它们成为了朋友，四只天鹅一起翱翔在天地间。

观点

三位艺术家奉献了他们最精彩的演出。小提琴、手风琴和架子鼓交汇而成的音乐响彻大厅。我们这帮小朋友跳舞，跺脚，拍手，欢呼着转圈，沉浸在欢乐的海洋中。这时乐队吹响了喇叭，有人将我抱起来放在了桌子上，大厅里顿时鸦雀无声。一位男士对大家说了些什么，接着掌声雷动。无数双眼睛注视着我——我获得了狂欢节表演的第一名！

那天的我就像那些童话书里的公主，披散着金色的头发，戴着纸制的皇冠，穿着妈妈为我缝制的红色长裙。我站在桌子上，低头打量着自己，我的鞋尖从裙边中露了出来。我满脑子想着“希望没人能看见我鞋底那些破洞”，根本无心享受观众的喝彩。“这是我们这儿最美丽的小公主”，那位男士说道，所有人都激动地鼓起掌来。可我脑海里全是鞋底的破洞，直到终于可以从桌上下来时，我才长舒了一口气。

没多久我得到了平生以来第一双新鞋。这是一双系带的黑皮鞋。一个周日，我第一次穿着它们走在大街上，脚下发出的踢踏声是如此美妙。低下头，我看到它们在阳光下熠熠生辉，光可鉴人。当时学校里布置了一篇作文，题为《我的鞋子对我说》，我把关于这些鞋子的前后经历写了足足五页纸。老师特别欣赏我的作文，给了我最高分，我的作文被当着全班诵读。其他孩子则对此冷嘲热讽，特别是一名小男生更对我挖苦个没完。他的作文只写了一句话:“我的鞋子不会说话。”

这些都是近五十年前的陈年往事了,然而它们至今仍历历在目。我不认为那些对我来说是快乐的回忆。从此以后,不管大人们怎么称赞我漂亮或聪明,我都不会真的感到高兴。我不信那些话,总觉得自己又丑又笨。长大以后,尤其是通过那些心理治疗,我发现很多其他人也有同样的困扰,这是我始料未及的。我因此颇受宽慰,信心倍增。儿童时期我的主要心理问题在于,我以为其他人都很完美。

童话里的丑小鸭也是这样,自欺自艾,自惭形秽,没有归属感。许多人从小就有这种感受。这种自卑感会一直影响未来的生活。随着年龄的增长,它会越来越根深蒂固。这里再拿我童年的另一个故事来举例。

当时我们全家人站在基尔火车站,我母亲和我哭泣着拥抱在一起,兄弟姐妹和父亲也非常难过,离别是如此令人撕心裂肺。我们要分别整整六周时间,让我如何忍受?我还没有从战争的创伤中恢复过来,依然是如此瘦弱,还长期生病。因此家人把我送到了瑞士的婶婶奥拉和叔叔泰迪那里去休养。他们是一对善良的夫妻,儿子已经长大成人不在家里住了。我自己有间房间,很多时间我都只能一个人待着,每晚我都含泪入眠,不断思念着我的父母和兄弟姐妹。

我的叔叔婶婶极尽所能对我关怀备至。我们远足登山、参观城市和教堂,在海边露营;他们给我买了新衣服,帮我剪了头发;我学会了唱山歌,平生第一次吃到了意大利面,第一次走进超市,第一次坐升降椅,第一次坐缆车。我被宠得无以复加,按理说应该超级幸福了,可还是有些事情令我无法理解。我感觉奥拉婶婶有时候显得很冷淡，不容易接近。我一直以为是自己做错了什么，后来我才知道原来和泰迪叔叔有关。他很喜欢我，我也很开心，觉得终于有人愿意花时间陪我，有人能代替父亲了。我自己喜欢读报纸，而泰迪叔叔则会为我讲解我未知的事物。他愿意了解我的愿望，对我非常友好。可是奥拉婶婶却因此不高兴了。

有时候我能听见她责骂他，话题总是围绕着他俩的儿子，整整六周他都没在家出现过，所以我从未见过他。叔叔与他儿子的关系并不怎么好，所以婶婶很生气，不满叔叔对别人家的小孩反倒这么好。我觉得是自己打破了他们家的和谐，内心感到非常自责。为了让奥拉婶婶高兴，我尽量做到沉默寡言，不去引起她的注意。

这六周让我的身体大大康复了，可之前的自卑想法在我内心深处却越来越根深蒂固："我又丑又笨又讨人嫌。"

我们每个人都希望被别人接受和喜爱，希望找到归属感。如果感觉没有被接纳，就会想逃离。有时是为了成长，有时则是为了将自己隐藏起来，令别人无法接近。奥拉婶婶也曾经是个受伤的孩子。她所受的伤害阻止她继续爱我，并对我也造成了同样的伤害。她的感情被嫉妒和竞争意识所控制。我想，也许她的生活中也曾将许多其他人拒之门外。

我自身的问题也反复出现，一直困扰着我。通过心理治疗，我断定自己的许多问题是从父母那里遗传的。我的母亲也曾经希望做一名教师，但是她怕通不过最后的考试，所以最后还是选择了结婚，躲进了家务事中，做了一名全职太太。我父母和我们村里的老师们关系很好，他们劝我母亲去补考，争取能够成为一名教师，可是她不敢。等到我父亲在新的家乡成立自己的公司后，她又重新做回了全职太太。

我的父亲本身也不是个自信的榜样。他是家中最小的儿子，兄弟姐妹都上了大学，而他作为家族企业的未来继承人，只要从实验中学毕业就够了。从此他一直觉得自己很笨。在他生命的最后几年中我经常去探望他。有次我们谈及往事，他告诉了我一个秘密，四岁时他曾从马车上摔下来，从那时起他就自认为自己的脑子摔坏了。我对此感到非常震惊，这令我回忆起自己曾经在结婚前夕对我未来的丈夫声泪俱下地透露了一个很大的秘密："我觉得自己很笨！"真是有其父必有其女。

在家庭问题的心理治疗中，有一种方式叫做"家庭系统排列"。被治疗者从其他一组人里选择一些人扮作他的"家庭成员"，最大限度地再现自己记忆中的场景，大家再来对此进行分析研究。通过这种方式，一些被深埋心底的感情乃至被几代人隐藏的秘密都会曝光，一些之前只能隐约猜到的事情会得到证实。通常治疗结束后，病人都能够摆脱以往心理上的干扰，开始新生活。这是一种清除家族遗传下来的负能量的方法。

接纳

我的许多亲身经历能够帮助我更好地共情别人。比如我可以理解一位全心投入、为工作忙到精疲力竭的女教师，不会像她身边其他人那样对她随意评判，那些人只会说："别这样卖命去干啦！你原本就有比别人更多的假期啊！"在过去那些年里，我的各类工作经历让我更能同情那些在我们社会里因为缺乏专业技能而得不到尊重的人。反过来,我自己也和所有其他人一样,希望获得支持和理解。一旦发觉别人想用我不乐意的方式贬低我,我也会觉得很难受。

我曾对一次访谈非常不满。采访者在一档电视节目里看见了关于我的故事,便希望以我为对象,为一本妇女杂志撰写一篇长篇的相关报道。我们先见面交流了一次,期待可以在一起合作一周。我们要在不同的地点进行采访并且拍照。我对与媒体打交道颇有经验,并且觉得此人容易相处,于是丝毫没感到有任何问题。可这次我却难以面对这无所不在的照相机了。和狗狗嬉闹时还可以,我就会忘掉我正在被拍。可是转换到下一个场景,要去帮别人做家务时,我完全无法进入状态。我觉得压力巨大,就好像在学校里校委会忽然宣布要考试那样,我根本无法集中精力,决定不再去参加这次报道了。当记者第二天早上高高兴兴地站在我面前时,我却情绪低落,告诉他不想再参加拍摄了,连一天都无法忍受。我们俩一起寻找原因,看看问题到底出在哪里。当我从沮丧的情绪中解脱出来后,又答应了他继续拍摄的请求。我终于适应了相机,可是面对采访时还是不自在。我感觉自己像受到了严刑审讯,忽然对所做的一切都产生了怀疑。而至此我已经无法再取消这个报道了。直至最后一晚,我始终无法摆脱那种多少年都再没有过的任人摆布的感觉。直到采访最终结束后,我才重新恢复到正常状态,并希望能够尽力去做些弥补。和记者告别后,我心里空空荡荡的。我其实很想跟他一起编写文稿,可他拒绝了,想独自完成直接给我个惊喜。连那些照片我都无权事先过目。我多希望这一切能倒回去重来。

几周过去了，一点动静也没有。而当我答应了参与制作一家电视台的节目后，这名记者却很生气地给我打电话说："现在可好，之前做的报道不可能再发表了，因为它再也不是独家新闻了！"我倒觉得松了口气，再好不过，尤其当我得知这名记者已经得到了相应的酬劳时。

尽管如此，我对那件事还是思考了很久。我以为自己早已克服了从前的弱点，不会再有从前那种无能为力、无法融入的不适感。为什么这次它又重新出现了呢？

很多年前我曾参观过一个展览。整个房间里全是彩绘的贝壳，按照时间顺序挂在墙上。第一只贝壳又粗又黑，第二只略微精致光亮一些，依次类推，最后一只贝壳洁白耀眼，小巧玲珑。当时我明白，这些工艺品是在告诉人们光明之路是怎样成就的。我把自己比作这些贝壳，与我的钻石理论正好相符。我可以想象这些黏土所制成的贝壳是怎样被一次次挤压塑造，直到它们最终成型。

在那次不愉快的采访之后，我对自己说："尽管你仍会不断犯错误，但你已经完成任务了。"我还是很高兴那次的报道没有被发表出来。勇于承认错误是一回事，但并不一定非要把它们公之于众。

天堂

"海德玛丽，下一个转弯之后就是我们的天堂了。你马上就能看到鲜花和绿树了。"来自贫民区的九岁小孩海尔默和他母亲一起来火车站接我，很明显，他对好城区的新家感到非常骄傲。“对你来说天堂意味着什么呢?”我问他。他回答说,那里应该有许多朋友,而且大人们也会对他很友好。

就连他和母亲的关系在这里也改善了许多,之前两人还大声争吵过,现在的关系和谐友好,彼此也都很满意。

小孩感觉他的新生活就像在天堂一样,因为在这里处处能感受到关爱。以前住在贫民区的经历则与之相反,他经常遭到责骂和攻击,一直都过得不开心。整个环境也表现出了种种不和谐,到处都是被人随意丢弃的垃圾,反映出居民素质低下。心怀不满、肆意妄为的人们进一步增加了这种不和谐。小孩在这里的境遇就和安徒生童话里的丑小鸭一模一样,它也是经过了很长时间的寻找,才找到它自己的天堂——一个有着很多好朋友并且适合自己居住的地方。

我向一位朋友讲述了海尔默的故事,可他觉得,小孩要经历生活的磨砺才会有出息,这是一种适应未来的“训练”。这种观点我并不赞同。海尔默已经经历过这种恶劣的生存环境,他并没有得到锻炼,相反心理变得更脆弱。而现在他享受着这种被他人关爱的感觉,变得幸福快乐。等他长大了,如果他愿意,也可以接受一些挑战。美好的童年会为未来的生活打下坚实良好的基础,其重要性不可忽略。

在当今这个时代,大多数西方文化里不再有大家庭或宗族的概念,孩子们在成长中得不到祖辈的呵护。这种传统生活方式的解体,令我们的个体更加孤立,失去了大家庭的支持。但这也给了我们自由和各种各样的选择权,我们要自己承担责任,自己决定命运,学习拓展新技能,发挥个人专长。在尝试艰难的冒险之前,我们一方面要大胆选择自己认为正确的道路,并勇于承担结果；另一方面也不要过于自我，我行我素，不计一切后果。“给予和接纳”对于建立一种和谐的人际关系是非常有益的。愿意交换并分享的人，自然会在他所生活的社会环境中感受到和谐与平衡。

为了避免独居产生的孤独感，应该发展出一种大家共同居住和生活的新模式。如今我们不可能再回到旧的大家族共处时代，但我们可以共同创造另一种大家聚在一起的集体生活方式。当然一切都不是如我们所愿的那样简单。有些目标远大、精心策划的群居项目虽然理念先进，但没多久就被日常琐碎的现实击垮。我觉得自己的办法更实用些，新的共享社区不需要事先有庞大的设想和计划，只要去尝试实践就可以了。我自己就经常这么做，当初我为别人看家时会邀请很多不同的人来一起同住。无需活动或理念背景，唯一要考虑的是场地问题。只要有足够的空间并能解决吃饭问题，这个实验就可以开始进行了。实验结果表明，大部分情况下，住在一起的人们很快会自发地相互亲近起来。我的任务是关注大家在一起生活究竟是和谐的还是不愉快的。一旦出现哪怕最细微的不满情绪，我也会根据情况做一些改变。如果我自己觉得不舒服了，就会中止试验。

关于“从众压力”及“团体动力学”的问题，我想起了某次参加两周徒步的经历，那是我在十年前和一个“和平小队”一起参加的。当时为了向大家展示团结和互助的力量，我们在柏林墙被推倒之后一起徒步穿越东德。我们约有二十多人，自称为“和平小队”，并把我们的徒步称为“和平之行”，尽管其实许多成员彼此之间非常不和睦，也不和对方说话。在晚上有一种叫“情绪圈”的活动，每个人都可以发牢骚指责别人，被指责的人不可以反驳。这种“情绪圈”自然令一切都变得更糟了。一些和平徒步者开始抗议这种来自团体的压力，就像青春期的孩子拒绝听从他们的家长那样。他们故意姗姗来迟，随心所欲，不听从任何解释，总是发牢骚。大家不满的焦点是每天所谓的“民主决议”，虽是集体决定，但几乎没人会乖乖执行。

每天晚上大家都会集体决定明日什么时候开始活动，每次都好不容易才能定下起床、吃早饭以及出发的时间。可第二天，每个人还是无视约定，随心所欲，原地不动。于是负责叫醒大家的人不得越来越大声，态度越来越差。这整个气氛令我很反感，特别是坐在餐桌前长时间等候那些姗姗来迟的人。最终我忍无可忍了，直接就按约定时间自顾自吃起了早饭。过了一阵子人们陆续到来，见状都大为吃惊。一起吃饭原本是件好事，但既然他们不能准时起床，所以大家后来也就按照我“发明”的机动早餐时间先后自主前来吃早饭了。这样，早上的气氛便缓和了许多。

受到这件事鼓舞，我也开始插手晚上的“情绪圈”活动。根据“有话好好说”的原则，我尝试利用徒步的时间和他人交流，把我在心理课上学到的理论加以活用：谈话时对氛围的绷紧有所察觉，并用轻松的言语缓和气氛。当我离开这群人时已经积累了一些经验，我现在知道，作为个体也可以在群体中发挥怎样的作用，只要他能保持清醒，独立决定，不屈服于团体从众的压力。

我理想中的“天堂社会”应该是这样的：没有人会干扰或伤害旁人，同时每个人也在追求个体的幸福，能让自己在社会中过上和谐美满的生活。最终，整个社会都将由快乐的个体组成。

我从来就没有劝说别人自私自利，我仅仅是想表达，每个人都必须为自己负责，而且每个人都有尽责的义务。比如，有一位女士必须日夜不休地照顾她生病的丈夫，导致身心俱疲，濒临崩溃。这时她就应该对自己负责，去寻找其他的解决方法。比如说，她可以请求独居的女邻居每天帮她照看几分钟病人。也许这位邻居一直都在等着去帮她的忙；也许这位邻居因为帮了忙，感受到了自己的价值，比之前更有存在感了；也许她想帮更多忙，让这几分钟变成几个小时，从而让这位女士重新有时间去过自己的生活。当然，如果对于无条件奉献和牺牲确实真的乐在其中，那就比不断去想各种解决办法要容易多了。但在我构想的整体“天堂社会”中，“我的”新新人类并不会一味牺牲自身利益。他做每件事情都应该乐在其中，他的付出与所得是平衡的，实现了自身的和谐，便能与一切都保持和睦融洽。

到达

自从十年前从我的老师那里了解到灵性的世界后，我便对周围的风景有了完全不同的感受，我能够感觉到它们古老的能量。特别是山川对我来说变得很重要，每次在山里我都能修身养性，远离都市尘嚣，涤清积垢，让能量在我身体里奔涌。每年我都要去山顶的村里住几次，通常在一个朋友那里过夜，有时也会为一两户人家看家。

山里有许多东西都能够让我感到平静祥和，找回内心的平衡，比如植被、动物、溪流、山风、阳光等等。很久以前，我内心的烦躁曾让我无法享受这里的安宁。我在一群牛面前停下了脚步，它们正懒洋洋地躺在绿油油的草地上反刍。“你们怎么能忍受如此单调的生活呢？”我问道，“你们不知道自己的眼界有多狭隘吗？”我的话无疑就是对牛弹琴，这些听众依然不知疲倦地继续咀嚼着，我拿它们毫无办法。

如今的我已经能够享受内心祥和所带来的喜悦，这种幸福感已经很少会被外界日益增加的不平静所干扰了。在那个无人能侵扰的空间，有扇小门可以让我进入。从那时起我就可以忍受混乱、无序、噪音。我再也没必要归属于某个特定的人群，或生活在某个固定的地方。我知道，于我而言，一切都是最好的安排，哪里都是最适合的安居之所。

第六章　未来的愿景

我的网站摘录

四年来，我一直过着不用花钱的日子，生活质量不降反升，我变得更加独立、自由。我在演讲里讲述了自己是怎样不花钱过日子，以及为什么要这么做。我的目的并非想让大家都学样照做，而是希望用自己的例子给人启示。我相信如能从以下四个视角看待问题，那么每个人的生活品质都能得以改善。

1. 政治视角

我于1994年2月成立了一个“交换圈”，这对我来说是一种政治行为。

贫富之间的差距可以通过交换来缩小，经济不富裕的社会阶层由此也可以买得起他们想要的东西——用他们的劳动来“买”，而不是用金钱。没有固定工作或固定收入的人可以用他们的劳动力来换取所需，就不会再感到自己在社会中是多余无用的人。邻里之间的分享和交换对环保也有贡献，比如出远门购物时相互搭车,就可以减少车辆的使用。

在我们这个物质过剩的社会中,通过交换可以减少物质的浪费,让大家更有责任感。每个人都会因此而慎思他真正需要什么,并把多余的东西转让给别人。

交换与分享是一种可以令人摆脱孤独的方式。它把不同社会阶层、不同信仰的人联系在了一起。

2. 哲学视角

通过这种新的生活方式,我一直在检验那些约定俗成的社会规则是否有意义。从中我感悟到,每个人都可以过他想过的生活——只要眼前有明确的目标,你就可以一步一步去实现它。首先需要的是打开格局,放眼世界。只有这样,每个人才能过上自己想过的生活,同时也不损害他人的利益。

3. 心理学视角

"交换圈"让许多各方面都大相径庭的人自由交往,他们彼此之间自然会产生纠纷。解决这些问题的前提是每个人都必须愿意自我反省。冲突往往源于一种内在的干扰,人们必须意识到这一点。

我们在和别人的交往中产生了不舒服的情绪(生气、羡慕、妒忌、拒绝),这其实是我们自己内心的反射。我感受到自己的不悦,是因为别人的行为告诉我,我对自己某些方面不能接受。通过陌生人的行为,我可以看到自己的一些不足并加以改正。即使别人没有改变,现在那些原本刺激我的事情再次发生,我也不会不舒服了。人类只有在自我完善中才能进化,这一观点也引申出下面的内容。

4. 灵性的视角

所有人都起源于共同的神性。每个人都是独一无二，也是带着自己的使命而来的，因此他们要寻找这一使命，找到了之后就能够感受到自身的价值，并摒弃一切竞争的想法，愿意为整个社会做贡献。所有人一起通力合作才能创造出一个更美好的世界。

我在演讲中把自己日常生活中发生的事情都按照这四个不同的视角来归类分析。通过这种方法，我创建了一种新的生活方式，并认为它值得推广。我的目的是想要向人们证明，陈腐局限的模式是可以改变的。带着勇气和自信，每个人都可以走自己的路，不用受制于人。

女政治家

玛丽塔是我的朋友，我曾问她："几年前你不是市议会代表吗，为什么后来退出了呢，到底发生了什么？"

玛丽塔深吸了一口气，回答道："是的，我曾经在议会呆过，可是半年之后我就放弃了我的议会席位。一边是上司的压力，另一边是政党内部的争执，这双重高压已经让我无法忍受了。"她的上司不欣赏她的政治措施，她本人则对自己的无所作为感到失望。在两方面的压力困扰之下，她决定放弃自己的政治生涯。"到目前为止，我的大半段人生都是在和政治打交道，可我越来越觉得实质性的工作做得太少，大部分政治家根本就不想为大家创造新环境，而只顾惦记着他们自己的私利。谁一旦拥有权力，他的政治理想就烟消云散了。”政治家必须适应环境、学会妥协，以保证自己拼命打下的一隅江山不受威胁。玛丽塔解释道：“我自己如果不这样做的话，就很容易陷入尴尬的局面。我确实不想去批评谁，但就目前来看，政治这条路对我来说还是局限性太大了。”

我很兴奋地对她说：“你说到我心坎里了！因为我也一直认为，政治只是生活的一部分。政治家每时每刻都在做的事只是维持旧的秩序而已，却没有时间来好好想想，是否哪里有问题。现在还是这样，哪里出了岔子，谁就直接下台。仅仅换人而已，换汤不换药，问题本身并没有得到解决。”

那个周六，两个女人坐在一起侃侃而谈，完全没料到这类谈话后来成了我们的每周“例会”。我们的交流是令人激动而振奋的，因为我俩英雄所见略同。玛丽塔也在童年时期就下定决心要为社会做贡献。她清楚地记得，当年的她根本无法理解，为什么人们能肆无忌惮地不断往江河湖海里倾倒有害物质？为什么有的国家公民还会被饥饿夺去生命？为什么会有战争？最令她费解的是，针对这种种问题，大人们为什么没有采取任何行动？

她从少女时代起就开始在各种协会和政党里工作。但各种竞争从一开始就令她反感，任何一个党派都没能让她有归属感。她从社民党的青年社转到基民盟的青盟，还参加了几个社会主义组织，最后还加入了“绿党”。尽管如此，当她一提到与那些社会工作者在一起的时光，就立刻显得兴致勃勃，神采飞扬。那些充满激情的年轻人原本和她同心同德，并肩作战，原因在于她总能直言不讳地公开谴责出现的各种问题。但很遗憾，当她开始抨击自家政党，玛丽塔和其他成员便开始产生分歧。既然每个政党都存在"欺骗"，或者好听一点叫"自欺欺人"，玛丽塔决定干脆与政治分道扬镳。

"当我听说了你的'供求交换中心'后，我想，这正是我要寻找的理念。"她对我说，"很遗憾你这么早就离开了，我觉得你本可以做得更好！"关于这个话题我们也经常讨论，因为在我退出之后，玛丽塔便在"供求交换中心"里积极忙碌起来。我回答说："你知道，我说这些不是想为自己开脱。四年是一段很长的时间，那些年我已经全心全意地投入了。交换活动现在没有我也可以照转。而我必须从中及时抽身，继续探索自己的道路。'供求交换中心'只是我全部使命的一部分，不依靠金钱的交换与分享是其中任务之一，另一项任务则是寻找通往内心的道路。这是有所作为的基础。你看看政治家们在做什么，他们只是忙于救火，亡羊补牢，并不能从根本上解决问题，仅仅是为了让政治对手闭嘴而已，这种游戏应该停止了。"

玛丽塔同意我的观点，她再次提到了自己在社会主义者群居社区里的一些经历。那时存在许多攻击与纷争。"这对政治团体来说很正常，对于党派来说也一样。到处都有需要去战胜的对手，所以很多精力都浪费在争权夺位上。"自从退出政坛后，她更注重的是面对自己内心的敌人。她强调道："虽然这令人极其煎熬，但对我的生活也是最为重要的。你知道我暴躁的脾气令自己也颇为苦恼，我经常在公众场合情绪失控，一旦路见不平便压不住心头怒火。前几天在公共汽车站那里也发生过这种情况。车来了，许多等候的人正准备上车，此时有三辆汽车呼啸而过，差点压了我们的脚，我怒不可遏，大声斥责，居然还加了些国骂，自己回头想想都很尴尬。后来我发现其实是交通灯坏了，不是这些司机的错。我在脑海里向他们道了歉。没想到，两天之后终于有个机会让我学会忍耐。也是同样的场景：汽车站、等候的人群、呼啸而来的汽车、差一点被压的脚。只有一样不同啦，那就是玛丽塔变得和蔼可亲了，完全心平气和宽宏大量。我为自己感到骄傲。因为我觉得，消除人与人之间的误会对我们的未来非常重要。”玛丽塔强调说。她意识到，要消除“敌人形象”，必须先从自己做起，修己达人，这也是她目前正在身体力行的。不过她也没有忽视整个外界。玛丽塔说道：“我从来没有忘记过政治，我一直都在考虑全球一体化的问题。现在只是暂时保持安静，待时机成熟，我还会出现在公众的视野里。”

她就是这样一位女政治家，虽一心想为更美好的未来而奋斗，但在时机尚未成熟之前，先选择了暂时退隐江湖自我成长。

长期失业者

以下的采访我是在线上看到的。我的朋友鲁迪·埃辛劳普和居住在米尔豪森的法国人乔治进行了这场访谈。我把他们对话的全文摘抄如下。乔治代表了千百万长年失业者，他们长期无人问津，是被社会排斥在外的无业游民。

> 八月的最后一天，我（鲁迪）和乔治在米尔豪森的超市门口见面了。那日下了一整天的雨，我们的心情同样阴云密布。乔治今年四十八岁，看上去并不健康。我认识他两

年了，缘于他是失业者协会VETO这个组织的创办者之一。作为法国人，他的德语之流利令我刮目相看，我希望这次能够更多了解他和他的生活。

鲁迪：乔治，像今天的下雨天你一般都会干些什么呢？你作为一个失业者过得开心吗？

乔治：不，我过得不开心。我是这样打发时间的：有些时候我会去市场买些杂物，和售货员聊聊天；有些时候我会去陪陪八十岁的老母，否则她就得进养老院了。

鲁迪：你是否已经十三年没有固定工作了？那之前你是做什么的呢？

乔治：从1972年到1987年，我在一家叫SACM的建筑公司做电工。可后来他们把很多人强行解雇了，我也是其中之一。我在那家公司收入不错，头两年能拿到的失业救济金还不少，日子也还过得挺好。

鲁迪：你们的生活费怎样？你现在能拿到多少？收入从何而来？

乔治：一开始是保险公司付的。但是每年都在减少。最后只能靠"福利救济"，那是由国家支付的，从名字可以联想到"基本收入"和"再就业帮助"。可是实际上根本不是那么回事。一直就只能靠每天八十法郎(大概二十二马克)的收入来生活，还没住房津贴。这点钱只够维持基本的温饱，至于交际、旅游、电脑这些想都别想了，好在我烟酒不沾。如果想向米尔豪森的州劳工局求助，必须证明我正在找工作。幸好这里不会违背我的意愿强迫我去做一些根本不适合的工作。

鲁迪：你一直以来都只和你母亲住在一起吗？你再也没有去找工作吗？你不能重新接受职业培训去学习一门新的技能，以便有更多工作机会吗？

乔治：这么多问题呀！我曾经先后和几个女朋友住在一起，可都不长久。眼下我必须和我的母亲住在一起，尽管对我来说这并不轻松。其间我也经常重新找些活儿来干。有一次是在一个苗圃里，但后来由于健康原因只能中止了。另一次是通过当地一家兼职中介公司在吕那赫干过几周。我最喜欢的工作是在科尔马做导游，那次是给人帮忙。可我并没有正规的导游证。

说到再教育，我曾自己去学了德语，甚至在弗莱堡获得了硕士学位。我还学了会计，但这些都是花我自己的钱，想学更多就没什么钱了。但我认为自己是有能力的。对我们来说，接受再教育一般是通过AFBA这个机构。可是要么你不符合入学条件，要么他们得送你去其他城市学习，因为你想学的专业在米尔豪森没有开课。所以这是件没希望的事情。

鲁迪：听起来不妙呢！但你也并没有气馁啊，我认识的你还是非常积极上进的。

乔治：除了参加上次我俩结识的那次集会外，我还在红十字会以及慈善团体参加志愿者活动。我与来自失业组织者协会“AC！”的丹尼尔一起办了份报纸，名叫《逆流而上》。每年出版十期，靠读者的订阅运营。它是一份批判性报纸，会指名道姓披露具体问题。每次编辑部会议我都参加了。如果可以的话，十二月份我还要去尼斯，那里将举行欧盟首脑会议，我将参加失业者以及无劳保工作者们组织的大规模示威抗议活动。

鲁迪：你是否还想对失业者协会VETO说几句话呢？

乔治：据我所知，在各种协会里，一直都只有少数人忙忙碌碌，累得筋疲力尽，而且忙乎的始终是固定的几个人，没有更多人参与进来。在VETO里，虽然我们人数也不多，但我们至少有机会开拓眼界，了解不同国家之间的共同点，看看我们最低限度能达成怎样的共识。

峰回路转

乔治在抱怨什么呢？他抱怨最多的是他的钱太少，没有真正的工作可做，并且和他母亲一起生活也让他不开心，可另一方面他又说，如果她没有他陪的话就必须被送进养老院。乔治的命运让我很感慨，我给他写了下面这封信：

亲爱的乔治：

虽身处困境，你的行为仍然很高尚，尽管你自己还没意识到这种美德的可贵。你奉养你的母亲，让她不用去养老院，对她来说一定非常美好。你既然决定和她同住，就应该好好陪她安度晚年。我当然不知道你目前的居住状况出了什么问题。也许你和你母亲之间相处得并不融洽？那你现在有机会改善这种状况。你可以分析一下自己的反应，那是很精彩有趣的。和母亲住在一起肯定是对你有利的，可能你可以少付房租或者根本不付，当然我并不了解。但是无论如何，我们得从各种境遇中寻找最佳方案。如果你觉得难以忍受目前的生活，那也就意味着你应该去改变它。你明白我的意思吗？一切都取决于你看待问题的方式，每个人都有可能去改变自己的生活。

接着，我们来看看下个问题。你没有什么钱可用，你自己说只够解决温饱，由此可见，最基本的生活保障你还是有的。那你还缺什么更高级的东西呢？你可以把你的心愿列个清单。我的新构想之一就是让每个人都有机会表达他的愿望，这样大家才能够相互交换和分享。你在红十字会工作，可以在那里竖一面“供求交换墙”，每个人都可以在上面贴两张纸，分别写上他想要给出或得到的东西。用这种方式你就可以得到你所需的心仪之物，而无需支付管理费或者被监管。如果你觉得太麻烦，也可以去参加一个现有的“交换圈”，每个城市都有，法国也一定有。因为你是技术工人，所以对你来说一定有很多交换的可能性。

下面让我们来谈谈你的工作状况，你已经失业了十三年，但还是在不同的岗位上忙碌。我相信，理想中更好的未来会是这样的：人们不用每天上八个小时的班去做某种工作，尤其是那种也许对于他们来说没什么特别的意义的工作。工作的形式应更加灵活多样，让我们每天都不虚度，让每分钟对我们都充满意义。就拿我来说，如果我每天都必须去做一份固定的工作，一年只有一次假期，所有的事情都要事先计划好，这样的生活确实想想都觉得可怕。我现在的这种生活方式令我非常满意，因为我只做让自己感到快乐的事。当然每个人对快乐的定义并不相同，你可以把自己的愿望列一个清单，然后逐步去实现它。

你的政治工作无可厚非，这也是很重要的。但我劝你不要对它的作用抱太大幻想。我在盖斯特哈赫特居住的时候，他们要在五公里之外的克雷麦尔造一座核电站。我参加了所有的游行示威活动，试图阻止这个项目。示威者们的团结一致令我欣慰，可最终于事无补，那所核电站还是被建成并运营了。

政治家们其实和失业者一样也无能为力。工作岗位因精益改革而锐减，工人被机器取代，我们似乎正在变得越来越多余。可事实并不是这样的，因为每个人都有自己的作用。你对你所办的报纸很重要，对你母亲以及其他你正在做的事情也很重要，你是有价值的。我很感谢你能够让我看到这篇采访。请不要以为我是想对你说教。你的各种情绪也是人之常情，我并不希望把它们从你身上抹去。我只是相信，许多你身边的出路还没被你发现，有一些甚至已经近在咫尺了。你知道吗，乔治，通常只需一件小事，或只要改变一点点视角，你的生活就会充满欢乐。

感恩之心

常常能听到人们说，给予和接纳不能刻意相互抵扣，两者是一体两面的，所谓“有舍必有得”。我曾批评过“星星银币”童话中小女孩的一味付出，这个看法居然也令我被人诟病。他们的观点很简单，宇宙法则是自然而然的平衡，而不是人为的平衡。

我虽然赞同这种观点，但还是不愿意放弃我的交换原则，因为它更适合当今的社会现实。我们做的任何事情都有回报，每项工作都可以换来劳酬。宇宙的公平法则只是一种纯理论，而实践起来则是另一码事。甚至连“交换圈”其实也是根据自由市场经济运作的。取代金钱的是点数、积分等类似产物。这是一种悖论，我也是花了很长时间才意识到这一点。下面我想举一些贴切的例子。

有一位女士把她的猫带来让我照看，因为她想出门旅游几天。我很想用我的劳动换取她的交通月票，反正她去别的城市也用不着。可她害怕我把票弄丢，令她回来无票可用，所以没有给我。我对此感到不满。好在宇宙法则帮了我，连电车票也解决了。但我还是很生气，付出与得到的不匹配令我心理不平衡。当然这种困扰也是一件礼物，比交通月票要有价值得多，因为它让我学会了如何战胜自己的怨气。

再比如，有机商店对我们的赠予实在是太慷慨了，质优量大。他们经常准备了好几箱蔬菜和水果留给我们。为了提醒大家记住这份馈赠，不要心安理得坐享其成，我在上面经常会写张小条子，提醒每个人都去想一想能够为有机商店做些什么。有一位领取食物的成员对小纸条不满，他觉得这些食物如果不给我们的话，也会过期和浪费，最后沦为农肥。他没有看到这些商店里的伙计是如何满怀善意地为我们准备这些东西，而且有些其实还是可以继续出售的。这对他来说很难产生感激之情。

感恩心是通向更高境界的钥匙。感激是一种愉悦的感情，从感谢之中会产生一种报答和回馈的愿望。如果我们能够意识到每一天这世界都给予我们太多的馈赠，我们的负面情绪就会自动消失。自然法则就是“善有善报，恶有恶报”。也许有一天，有机商店的店主会发现，即使没有得到那些受捐者的回报，他的生意也会变得特别好。

一些日子以来，我又重新拥有了一个小钱包，有人在合适的时机将它送给了我，因为当时我正好决定在我的日常生活中重新开始花点钱。从那时起，我会真正去买些东西，比如我对某种特殊的香草茶或酸奶特别感兴趣时。尽管有钱包，我还是经常把一张十马克的纸币放在裤兜里，为了在付款时能快一些。购物这件事对我来说还是有些别扭，所以我希望越快结束越好。有一次为了付款，我把手伸进裤兜，才发现里面的钱丢了。虽然钱包里的零钱够付这四点四四马克，可我却陷入了思考，怀疑自己重新开始花钱是否正确。过了一阵子我才释然。管他呢！希望捡到钱的人高兴就好，也许他正急需这些钱用，我就当送给他好了。

因为在此期间我明白了，我可以安心放下一切期待，所有于我有益的事情自然会在恰当的时机适时出现。当然我仍常常心怀所愿，但即使不能立刻心想事成也不会感到失望；相反，我会觉得时机还不够成熟，所以无需强求。我心怀感激地享受当下自己拥有的一切，而通常我的愿望也还是会实现，迟早而已。

先行者

有位朋友拜访了我，带来了一些读物，基本上都是灵性修行的指南。其中有本书上画了一个女人，就像“星星银币”的童话里那样，正在迎接从天而降的银币。这本书叫《宇宙的“预定服务”》。作者告诉人们如何发愿“预定”自己想要的东西，并最终心想事成。也许很多读者已经尝试过她的方法，成效不一。根据经验，只有进行过修行的人才能很好地运用这项“服务”。否则如果人人都能轻易心想事成的话，那大部分社会问题都可以得到解决了，就再也没有贫困了。

另一本书是关于“辟谷”。作者在书里描写了一位澳大利亚女士，据说她不需要粮食甚至不需要液体就能生存。许多读者也进行了同样的尝试，陆续有人在媒体里报道说，这样一来生活变得格外轻松了。虽然“辟谷”可以解决很多问题，但它也只适合小部分人群。经常有些尝试者最后饿得奄奄一息被送进医院，折腾一通好不容易才回归正常的饮食习惯。

关于灵性先行者有许多例子，在西伯利亚有个人长得像耶稣，人称“新救世主”。他有许多信徒。对于信徒们来说，他就是一条通往崭新未来康庄大道的象征。为了追随他，许多人把全部身家都奉献给了他。我自己前前后后也经常能够遇到一些奇人异事，他们也愿意讲述自身的奇迹。有一些能引起我的兴趣，但我最终还是要走回我的老路上。我不愿意去模仿或拷贝任何人，也不愿意依赖精神导师。我用了很长时间才愿意对别人充满信任地敞开自己。

在我的修行生涯开始时，我经常会过一些“随机无计划日”。那几天，我每时每刻所做的事情都没有计划，没有准备，而是即兴发挥。比如从家里出发，没有方向，没有目标，走哪算哪，这种随心所欲令我每次都觉得很有趣。有时我会登上一辆火车或汽车，然后随便到某个地方下车。这种感觉很新奇，我会利用这些日子花时间专门结交朋友、获取信息，观察思考。这种方法可以缓解枯燥无味的日常生活。

先行者、榜样，这些具有影响力的人物是很重要的。更重要的是，在适当的时机，将他们教给我们的智慧运用在我们自己的生活中。

生活模式

当今社会有些人渴望过上不同的生活。对某些人来说，放弃、转换并进入新生活模式的过程顺利得令人惊讶，霍尔格就是其中的一员。

霍尔格是一位建筑师，事业有成，收入颇丰。他有一栋房子、一辆汽车以及其他一些奢侈品。但这些并没有给他带来幸福感，相反，他因为工作压力越来越大、理想与现实之间的距离越来越远而倍感苦恼。“如果我根本没时间去享受，那我要这栋漂亮的大房子又有什么用呢?”他质问自己并开始认真思考其他可能的生活方式。最后他决定一步步去改变。他给自己定了一个三年的计划，去规划最重要的事情。他先把工作辞了并取消了医疗保险，然后把大房子换成了一处小型舒适的公寓。他不再使用汽车而采用滑板车走街串巷，那时候这种车还不流行，所以到处被人嘲笑，但他不以为然。因为他对金融游戏和全球性浪费持有坚定不移的反对观点，并且能够强有力地说服别人，很快他就得到了各方面的尊重。不久，那些一开始把他当作疯子的人反而会去找他寻求生活的建议。霍尔格很愿意把他的经验与大家分享。这期间他也搬进了一处稍微大一点的公寓，他在新生活中还找到了理想的生活伴侣，现在有一个小儿子。三口之家生活非常幸福。

我意识到，几乎每个成功转换了生活方式的人，都是一小步一小步循序渐进的。我觉得这非常重要。很多人半途而废，放弃了自己理想的前景，是因为他们的步子迈得太大了。

我认识一位女士，她十年来就一直梦想着能成为一位木偶表演者。可惜她没能实现这个愿望，因为她觉得从小事做起太烦琐。她希望一开始就能一步登天。我曾经把一位正好开始自立门户的木偶表演者的联系方式给她。这位表演者刚好需要人在收银处或者舞台帮忙，但我的朋友看不上这些小事。她想要么就一下子实现所有的梦想，要么就什么都不做。

想要做出改变是一个长期的过程。首先我们对自己曾经走过的弯路应当有所认识，总结自己错在哪里，才能最终找到新的出路。想要一下子与旧的体制决裂是根本行不通的，但我们可以一步步改造它。比如说霍尔格现在还在继续从事他的建筑师工作，并且乐在其中。他的新老板让他负责一些重大项目时，会给他足够的时间而不给他施加压力。

包括前面提到的那个环球旅行者史蒂芬也曾放弃了一份高薪工作，脱离了上班族的队伍。如今的他也经常会连续工作数小时，但因为他是自己的老板，任何时候想停就停，所以还是活得相当自在。自由职业将成为未来的趋势。我的父亲曾向我感叹道："你都参加过四种职业培训，到现在还是不知道自己该靠什么专业赚钱，人生真是失败！"我不认同他的说法。那种一个职业干到退休、不管喜不喜欢都要从一而终的时代正渐渐远去，也必然一去不复返。

受教

我们每天都能受到教育，所有的邂逅都有其意义。通过我们恰好听到的对话，通过某人向我们推荐的书籍，通过一些演讲、文章或电影，通过一些意外的活动或一些似乎无意中的观察，都能令我们受益匪浅。

我最近看了一部海因茨·吕曼的老电影。他在那里面饰演了一位名叫古斯塔夫的马车夫。从前的他也曾春风得意马蹄疾，可随着汽车工业的兴起，他的马车生意日渐萧条。有时老古斯塔夫一天下来一分钱都挣不到。肩负着养家糊口重任的他为了对老婆孩子隐瞒自己的困境，只能去借了一大笔钱，甚至还要为此借款交税。事情曝光之后，全家震惊，大家都认为这个一直在抗拒新事物的倔老头脑子进水了。他的最后一匹马将要被送往屠宰场，他的马车也要被毁。最后这位老头儿决定驾上马车，带着他的老马奔赴巴黎。消息传到一位记者耳朵里，他决定陪这位“榆木疙瘩”古斯塔夫上路。没多久，这位老顽固就出了名。全国人民都来帮他的壮举助力，最后老头儿真的到达了巴黎。

这个故事既感人也有趣，我看得津津有味。我可以从中看到自己生活的影子。对我来说，媒体也起到了非常重要的作用。没有媒体的宣传，我的行为就不会受到人们的关注，也不会激励到其他人，推动他们脱离苦海，去思考新的生活方式。年龄于我而言虽不是问题，但通常来说，我确实已经快到退休的年龄了。许多我的同龄人都开始听天由命，自暴自弃了，因为感觉自己成了废铜烂铁，因为退休金不够用，因为没人再需要他们了。而这些对我来说都不是问题，我虽然现在不能说五年后会怎样，但目前我很清楚，即使有退休金我也不需要了。

我已经放弃了通过政治宣传来改变世界的想法，我自己的日常生活状态就足够有影响力了。即使许多人无法效仿这种不花钱过日子的生活，但至少我给了他们一个鲜活的例子，让他们看到，有人敢于去做这样的试验。许多人都承认，我确实给了他们力量和希望。

为金钱担忧

我一直想要成立一个基金，用来帮助那些陷入困境的人，特别是在那些各类“代币”不起作用的情况下。这主意虽然不错，可对于一个决定和宣布自己要不花钱过日子的人来说，实现这个愿望确实有难度。三年前我们的“供求交换中心”曾在一家咖啡馆里放置过一个人人都能够支取的钱箱。那些有经济能力的成员可以往里面投钱，而那些贫困的人可以从里面拿钱。直接用硬币来体现“给予和接纳”是件奇特而有趣的事。钱箱里总是没剩几个钱，当我有一次离开“供求交换中心”去旅游的时候，那只钱箱就被取消了。

我并没有放弃成立基金的想法，也在继续考虑换别的方式实现这个愿望。渐渐地我又开始习惯在某些场合下使用极少量金钱。当有人向我约稿写这本书，并能给我一笔稿酬时，我觉得这是命运在给我暗示：关于基金的理想很快就要实现了。

在写这本书的时候，我的日常生活陷入了混乱。在我的新生活里，我重新感到了要在特定的时间里必须完成任务的压力。我觉得这有点违背了自己只做令自己快乐的事，并能每时每刻都自觉自愿地做事的原则。这种类似上班的局面仿佛在提示我现在正处于一个过渡期。因为我早就明白，自己与金钱及财物之间并非势不两立、非此即彼的关系，而是要以一种微妙而富有创意的状态来共存。

四年来我坚持不花一分钱过日子，用我的劳动来交换我的开销。而如今我可以从新开的账户里取少量的钱。那几年不花钱的日子大大提高了我的生活品质，既然我现在又开始用钱，我自然会注意不让生活品质又降回去。将来我也不会花大钱去租房或者购买医疗保险，因为我始终很享受我的流浪生活。

如今我可以随时让自己小小放纵一把。比如不必再为了我想吃的饼干而苦苦等待，而是可以直接冲进店里去买它了。还有那些奶酪，我现在都忍不住想吃了。这种长期以来早已陌生了的小“奢侈”，会给我带来幸福感，让我在我的新生活里可以不用幻想就能小小地放纵。另外“打破”自己的试验给了我一种全新的自由感，因为从规则上看，被严禁去商店买东西和被允许可以随时买东西，感受是完全不同的。以前我曾经坚持绝不破例，严守自己的规定，并不意味着那样就过得不好，那时的做法有那时的必要。不过现在这种无伤大雅的“开禁”确实也令我感觉很自在。

如此特立独行的极端行为让我在过去的四年里备受指责。而我总是辩解说，我是想用我的行为引起人们的关注。我并不想独自一人悄悄闭门造车，而是希望对社会有所影响，引起大家的反思。通过不断放弃自己曾拥有的一切，我在这个金钱至上的社会中成功树立起了一个反面例子，让人们有一种新的认知，明白金钱和物质并不是最重要的。最近我无意中刷到的一档电视节目又一次令我意识到了这一点。把无法计数的巨额奖金展现在众多观众面前，对我来说，这档节目就像一次糟糕的拜金祷告，如此严肃紧张，一本正经地装腔作势，才看了十分钟我就受够了。

不久以前我患了一次重感冒。流鼻涕、喉咙痛、耳朵痛，所有的症状都出现了。病症并不是偶然才出现的，它们是一种警告，告诉我们在生活中有些事情出了问题。因此需要我们去分析造成失衡的原因，捋清思路，反省自己的困扰。像我那次的病情很明显是由于我还没有经过深思熟虑找到一条恰到好处的"中道"，令自己远离极端行为，实现真正的平衡。显然还有一些事情有待我去继续完成，所以我得感谢这次感冒。于是我一边流着鼻涕一边满心欢喜地把这次生病当作了一次学习的机会。

梦境

许多人都以为他们从不做梦，因为他们一到早晨就什么都不记得了。夜晚于他们而言就像他们的日常生活一样枯燥无味，这简直太浪费那些美轮美奂的画面和惊险刺激的冒险活动了！

科学证明每个人都会做梦。那些说自己没有梦境的人其实是忘记了他们在梦中的经历。当我给人进行心理治疗的时候，我非常重视病人的梦境。他们一旦开始回忆梦境，就已经是在进行深入的自我剖析了。我在与他们的交谈中并非想对梦中的现象进行解释或分析，而是关注一种感受，一种当事人在回味梦境时的心情，这种感觉背后往往隐藏着某些信息。

大约二十年前，当我的母亲去世时，我每晚都会梦见她。经常都是一些不愉快的场面，醒来之后我会有内疚感，觉得自己没有照顾好母亲，是一个失败的女儿。连续几周都是同样的梦境，直到有一天晚上，母亲亲自来到我的梦境里，坚定地告诉我说，她已经原谅我了。“现在你好好听我说，”她说，“自责是不能解决问题的，只能令你平添烦恼。把心放宽，停止自责吧。我们之间当然有不愉快的时候，但那些也是有意义的。我们都曾做过一些错事，可现在应该彼此相互原谅。请不要再自责了。对我来说，你是一个多么可爱的女儿，给我带来了很多欢乐，我非常感激你的降生。”第二天早晨醒来后，我感觉心情愉悦、如释重负，后来我就再也没有做过这种内疚的梦了。

在“完形心理疗法”中，病人必须辨认出在他梦中出现的每一个人，然后去破译在不同的感情背后所隐藏的信息。在梦中我并不知道母亲已经去世，我把她的出现当做了真实生活中的她。她出现了，原谅我了，这对我来说已足以释怀了。

经常重复的梦是最重要的，这说明当事人还存在一些没被解决的问题。多年来我一直重复做一个梦，在梦中我和一些人在脚手架上攀爬，其他人爬到另一边又下来，可是我不敢，只能一直坐在上面边抱怨边瑟瑟发抖，没人可以帮我下来。从这种梦境中醒来时，我总是大汗淋漓。

终于有一天这种梦彻底消失了，再也没有在我的生活中出现过，它很明显是和我缺乏自信有关。通过不断地肯定自我价值，我明白我着手做的事情一定能够取得最终的成功。在这期间，我夜里已经很少做噩梦，那些不愉快的重复梦境也消失了。相反，我经常在睡前祈祷能在梦里得到具体的提示，以指点我未来的行动，通常也都能如愿以偿。

有些人从来都记不住做过的梦，如果你希望自己能记住的话，应该这样做：每晚回想一下白天发生的事，把它们从头到尾在脑海里过一遍，认真接纳自己的感受，也就是给自己一种心理暗示，提醒自己想要继续深入探究事情的缘由。如果晚上趁着刚做完梦，赶紧写下一个提示词，可能也会帮助回忆，第二天早上大部分人都能够回忆起整个梦境。如果有人还想深入自我探究，就应该开始写日记，把他的梦境都记下来。

传播

如何才能把一个理念普及给大众？对于一个追求轰动效应，并且时时处处充斥着爆炸性新闻的社会，这是一件相当困难的事情。想写一本书吗？谁会去完整地看一遍呢？想拍一部电影吗？没点猛料可不行！我和媒体打交道时发现，光凭良好的意愿在很多时候都是行不通的。不久前有位制片人希望拍摄一部系列片，报道那些小众群体（当然他们根本没有热度）和他们的事迹，为此他找到了我。“金钱的巨大诱惑以及人们对金钱的狂热崇拜实在令人难以忍受。”他当时这么说，“我希望能做些什么来抗议这种现象。”

我同意他为我做了一次采访，并且让他进行了拍摄。可过了很久，我始终没再听到任何消息。直到最近他打电话来说，他还在为这个专题奔走，因为没有电视台愿意播出这个节目。对于电视台来说，收视率是最重要的，而这种不够吸引眼球并且富含争议话题的纪录片是不可能有高收视率的。哗众取宠的脱口秀受到热捧，而那些安静深沉、启迪人心的节目无人问津。记者们如果想在自己的行业里站稳脚跟，就必须遵守这样的潜规则。如果不加点猛料，想要让自己的作品获得关注已经越来越难了。

几年前有个人看不起我，把我的几本《无钱幸福》的册子扔进了垃圾桶。“那才是它们的归宿。”他说。我把书从垃圾桶里捡出来，向他讲了一个我刚从报纸上看到的报道，那就是凡·高的一幅自画像被惊人地拍卖到了两亿马克。一幅画像就值这么多钱！而这位绘画天才生前的所有画都无人问津！“任何事情都不是绝对的，”我向他解释道，“如果你无法接受我的观点，那也很正常。可是也有很多人从中重新找到了自我，我的经历激发了他们的自我反思，这对我来说已经足够了。”

何去何从？

那么，我的试验现在算是成功了还是失败了？除了我本人外，它有没有起到别的作用？最重要的是，今后又该怎么办？四年之后的今天，我觉得时机已经成熟，可以对此进行一次回顾总结了。

在这场试验中，我本人受益匪浅。我的生活质量从未像现在这么高，我对健康状况的自信也在这几年内大幅提升。以前剩下的半颗牙齿虽然后来不知何时还是掉落了，但没人注意到那个洞，而且自从它彻底脱落之后，我终于又可以左右两边一起咀嚼了。虽然牙根下一步必须拔除，可是我相信时机成熟自然会有解决方案。在这个过程中，我渐渐也接受了偶尔出现的足痛风和其他病症作为我生活的一部分，我再也不会理直气壮地去质问："凭什么我会生病呢？"

我的营养状况比任何时候都好。我吃的几乎都是有机食品——面包、水果、蔬菜，一切都绰绰有余。在那期间我也有了很多衣服，并且还可以把它们转送给别人。如果我想去理发店，我可以在许多女士中自由选择，她们中不仅有人擅长剪头发做发型，甚至还有人是专业化妆师。加上新开的应急账户令我比以前有了更多自由选择的权利，尽管我很少使用它。对于我的居住环境，我一直以来都非常满意。所有的一切都很完美，原本这已经可以到了童话的结尾部分——如果她没有去世的话，她至今仍然幸福地生活着。

想得倒美！离结束还早着呢。到目前为止，我的试验是成功的，因为它向我证明了，只要我愿意，我确实能做成很多事。可因为我自始至终都怀有"改变世界"的理想，所以前面还有很长的路要走。试验将继续进行下去。我最兴奋的是接下来要在不同的地方和不同的人一起去进行一些实践。不同于以往，我如今看待事情会冷静得多。一切皆有可能，顺其自然。我并不着急，如果我的某个理念还没找到志同道合的伙伴的话，我也许会转换思路，着手开始另外的计划。

未来的计划

在一个运转有序的国家里生活，确实是幸运的。没有人会饿死，人人都可以就医，文化和教育有政府补贴，交通井然有序……从另一方面来说，我们当然也要为此买单。我们要交所得税、财产税、营业税、土地征用税、土地财产税、行业资产税、行业利润税、工资所得税、附加税、教堂税、养狗税、遗产税、奢侈品税、公司所得税、土地税……除此之外我们还要支付医疗保险、工伤事故联合保险、失业险、残疾险……我们还要支付养老保证金、责任保险金、车辆保险费；另外还要付水、电、煤、暖气、垃圾处理、电话、网络、有线电视费；我们还要交房租，以及付费给帮我们应付这一团乱麻的税务律师。

我认为这些琐碎繁杂的管理太过剩了，浪费了人们大量宝贵的精力。因此我希望能做些什么来改变这种状况。

为了阐明我的观点，我再次开始了一次试验。我会为这本书出版后的稿酬而交税，但不是用钱来支付。取而代之我宣布，为了报答国家对我的“照顾”，我将很高兴地承担一些对国家有用的工作。与几年前我曾经打扫街道、收集垃圾或者擦洗长椅不同，这次我想做另外一些事情，以便更好地利用我的专业。我希望给那些在困境中的人带来勇气，我希望让他们知道可以凭自己的力量改变现状，我还希望让人与人之间能够更加密切地交往。为了做到这些，我给多特蒙德的市长写了以下这封信：

尊敬的市长先生：

我名叫海德玛丽·施韦尔默。六年前我曾经在多特蒙德成立了一家“供求交换中心”，这是一个“交换圈”，人们可以将他们的能力、服务和商品相互交换，而不需要用金钱来支付。为了向人们展示，在大城市里也可以做到这一点，我身体力行将这个理念贯彻到底——四年来我既没有住房，也没有财产，更没有工作。我的生活完全不用花钱，但感觉自己非常富有。通过与其他人的交流分享，我获得了全新的生活品质，建立了很多人际关系并开展了许多不同的活动。

我这样做也是有政治原因的。因为在很多领域中资金的缺口是个很大的问题(因为缺少资金，有些学校招聘不到教师，有些项目无法进行)，因此我们需要寻找新的解决方式。我想向我们城市提一个不寻常的建议，我希望不是用金钱，而是用我的能力来交税。在申请社会救助的人群中，对于那些需要勇气并愿意接受新型生活方式的人，我作为曾经的心理医师，可以向他们提供社会心理咨询服务。

我的目的是希望每个人都能够重新发现自己的责任、尊严和价值，并在生活中践行。两年前多特蒙德的广场上曾经举办过一次免费的音乐会。我深深为之感动，第二天便和整个“供求交换中心”的成员们一起，把多特蒙德西南墓园里的长椅全部擦洗干净，因为他们没有时间也没有人力来做这项工作。出于对公益音乐会的感谢，我们实践了“供求交换”的原则，主动为墓园做义工。请您想象一下，如果所有的市民都能够意识到自己的责任，团结一致，取长补短，相互支持和帮助，那该有多么美好！

如果您能邀请我进行面谈，或给我一个答复，我将不胜欣慰。

致以友好的问候

几周以后我收到了以下的回信：

尊敬的施韦尔默女士：

我收到了您2000年3月27日关于“供求交换活动”的来信。请您理解我，我无法就此事发表见解。因此我请求相关部门的负责人P先生去了解相关情况并向我汇报。一旦有结果，我将马上与您联系。

致以友好的问候

从此之后便再也没有音讯了。不过这件事在别的地方有了进展。三个月以前，威斯特法伦州阿伦市的民政局邀请我去做报告。那里的负责人非常欣赏我在民政局提供心理咨询的想法。于是我把上面这封信又发给了阿伦市市长。我们不久将进行一次面谈，商量准备事宜。

除了做单独的心理辅导外，我其实最希望的是能够为团体提供咨询。这样人们就能相互认识，并能组织一些集体活动。当然我也想在民政局立一面“供求交换墙”，因为那里天天人来人往，是发布信息最合适的场所。

政治上迈出的一小步

生活质量在某种程度上和金钱相关，这是没错的，因此金钱问题就变得很重要。但从全局来看，我们也不应忘了另一种观点。

让我们举一个“垃圾”的例子，就是字面意义的“垃圾”。

在多特蒙德有个地方——当然肯定不止这个地方——许多流浪汉经常在那里聚会，他们在那里成群结队，自娱自乐。闹过以后，他们便会离开那里，“忘记”了他们的垃圾。虽然每周清洁工们会过来打扫两三次，可几个小时之后又会恢复原样。对那些流浪汉来说，打扫原本是他们分内的事——他们使用了那个场地，在狂欢之后就应该还它整洁。

可与之相反，他们认为所有的事情反正都有人管理，自己对自己的垃圾也不用负责。在这个处处都管理得井井有条的国家里，这是大家普遍持有的一种态度。即使是流浪汉，那些几乎一无所有的人，都能够心安理得地期待别人为他们收拾烂摊子。从这个例子中我们能得到很多启示。如果有第一位流浪汉在某晚开始打扫场地，便会被其他人所嘲笑。可如果他一直坚持，就可以为其他人树立一个榜样。如果某天流浪汉们也都能发挥作用，做到人人为我，我为人人，那样该有多好。

如果有一天我真能在市民政局提供心理咨询的话，我也许会引导参加者去思考他们能够做出什么样的贡献。当然这种“贡献”不能强迫，不应像其他城市所推行的那样，在那里接受社会救助的人都必须为公益活动捐赠一点五马克。我认为整体的原则应该建立在自觉自愿、积极主动以及自我承担责任的基础上。

不久前我想起了“红点运动”。当我站在汽车站广场观察来来往往的车辆时，总是能发现，几乎每辆车里都只坐着一个人。这是多大的浪费呀！交通拥堵问题始终得不到解决，油价不断上涨，汽车废气严重污染环境，臭氧层变薄引发温室效应……尽管如此，全世界的人都还在毫无顾忌地驾着空车四处疾驰。我在学生年代经常骑自行车，开始驾车后也经常会载上别人。现在我已经没有骑自行车的兴趣了，很久以来我也不再开车，但对此的主张从来没变过。大约在三十年前，在北莱茵-威斯特法伦州曾经开展过一次“红点运动”。为了节省汽油，当时的汽车所有者会在挡风玻璃上贴一个红点，表示他们愿意搭载那些在特定地方等车的人。几年下来整个活动进行得很好，但后来又渐渐被废止了。应该是有人钻了该活动的空子，导致抢劫偷盗或类似事件发生。

很多人（尤其是很多女士）都不愿意搭载陌生人，这也无可厚非。但这个主意令我产生了新的灵感。也许可以将它的形式转换一下，可以用红点（或者别的符号）来表示自己愿意做开放型的人。它可以促进人与人之间的交流，有利于共同驾驶协会的组织工作，至少可让整个国家减少一些因为空车行驶带来的浪费。

这些月进展很快，在不同角落都能找到一些共同的组织，大家都在寻求一种创建更美好未来的解决方案。其中，快速发展的互联网起到了很大作用。对我而言，为了实现我的计划，我也一直需要有合适的人来配合我工作。比如，我曾想立刻进行一项“发钱”活动，在这座城市的各处对市民们发放五马克纸币，并加上一张关于金钱的宣传单，以引发人们的思考。

通过互联网，越来越多的创意大量涌现，几乎没有止境。比如，竟然有人能够在网上集合三个国家中近千人的交换者——这是十年前没有人敢想的创新举动。然而，为了实现一个更美好的未来，我们不能只局限于交换和分享。人类会不断成长，认识也会不断加深。人类是万物之灵，具有神性的起源，眼前的世界是开放的，具有无限可能，所有的问题都会得到解决。

给实践者的一些建议

如果您有兴趣逐步开辟自己新的生活道路，我有些建议供您参考，希望您能够铭记于心。当然，一切必须是出于您的自愿。

1. 准备一个本子，在上面写下您认为重要的事。

2. 在这本思想笔记或是日记（随便您怎么命名）上记下您一直以来做的事或者以前曾经从事过的工作，包括音乐、社交、技术、文学、绘画等，目的是为了让您清楚在生活中已经完成了或者将要完成哪些任务。

3. 每天晚上在这本本子上记下白天所发生的事情，保持积极向上的情绪。

4. 写下您理想中的生活方式。您希望怎样住？和谁一起？您最向往做什么事情？请不要禁锢自己的思维，在这本记录本里一切皆有可能。请您写下您对别人的看法。什么令您不满？别人的什么地方最吸引你？

5. 去过一天“随机无计划日”，随心所欲，让自己跟着感觉走。

6. 请您写下，是什么让您对生活充满感激。

7. 请您想想，是什么令您感到愉悦。好好享受这种愉悦。

8. 把您不再需要的东西收进一个箱子，如果您有客人来，让他们从您的箱子里面挑选自己需要的东西。

9. 在某处立一面“供求墙”。可以在您的工作单位里，或您的住宅区，或咖啡馆里，随便什么地方都行。

10. 记住您的那些梦境。

11. 始终保持微笑。

第七章　对话与讨论

2000年初有一些电台(其中包括SWR和HR)播放了一篇对我的采访。这篇采访是记者卡斯滕·君特撰写的。这是一篇详尽的访谈录,里面传达了我的很多理念。节目播出之后,无数人找我交流。其中有海特尔斯海姆圣书院的鲁迪·埃辛劳普,我和他紧接着又进行了一些在线的互动讨论。我想把这些展示给读者,就是以下这篇访谈录(即2000年1月6日SWR播出的节目)和一些我与鲁迪的来往邮件。因为有些时候,局外人的眼光能帮助我们更全面地看待事物。

一种不花钱过日子的生活

卡斯滕·君特

银子、大洋、钞票、钱……甭管它叫什么,有一点是明摆着的,那就是我们这个社会中所有的一切都在"向钱看":政府缩减开支,因为财务紧张;我们把余款存进银行,因为我们期待钱能生钱……最重要的是,什么都要花钱。想跳出这个怪圈实属难事。尽管如此，还是有人想要尝试摆脱金钱的掌控。在多特蒙德有位女士，三年多来不花钱过日子，这完全出于她的自愿，并且她还宣称自己感到从未有过的富足。卡斯滕·君特采访了她：

施韦尔默：起初我只想尝试一年，可后来我觉得自己越来越自由了，我忽然可以衣食无忧了。我因此获得的自由实在是妙不可言！

君特：许多人都不相信她，还有些人认为她发疯了。可是，海德玛丽·施韦尔默真的每天都在证明，不花钱过日子确实是可行的。

施韦尔默：昨天我接到一个电话，那人说："我才不会相信你，你脑子进水了！在这个国家什么都要钱，怎么可能不花钱过日子！"我回答说："好啊，信不信由你，反正我就是这么做的。"

君特：这事起源于1994年2月，当时海德玛丽·施韦尔默在多特蒙德成立了一个"交换圈"，名为"供求交换中心"。

施韦尔默：有一次我在收音机里听说，在加拿大和美国有一种"交换圈"，在德国我还从没听说过这种组织，所以我想我自己也可以在这里成立一个。

君特：从那时起她就梦想着过一种人与人之间通过交换和分享过日子的生活。

施韦尔默：接着我想，与其在那里说教，不如我先尝试做起来。

君特：后来便有了这个试验。她一步步摆脱了金钱的束缚。她整年为那些去度假的朋友和熟人看家护院。作为交换,她得到了免费的食宿。

施韦尔默: 开始我还保留着自己的住房,但大部分时间我都住在别人家里。后来有位"供求交换中心"的女士来找我,告诉我说:"没地方待的时候,你可以去我那里住,我有一间小房子空着,因为我其实一直是住在男朋友家的。"于是,我就大胆地彻底放弃自己的住所了。

君特: 她把自己的家具、书,乃至所有财物都先后送给了邻居、朋友和有需要的人。这位曾经的教师、专业心理医师,并没有经过什么艰难的思想斗争便下定了这样的决心。

施韦尔默: 我在做这个决定的时候非常清楚,这些东西将不再属于我了,我对它们也没什么好留恋的。

君特: 刚开始时,不花钱过日子并没有那么容易。后来海德玛丽·施韦尔默还是依靠着她的人际交往做到了这一点。而这正是她所希望的,因为她的人生信条就是反对我们社会中人与人之间的疏离与隔阂。

施韦尔默: 一开始我确实挨过饿。也有人跟我说:"看看你成什么样子了?根本就是死路一条嘛!"我瘦了很多,我的朋友们都为我担心,这是我不愿见到的。可尽管如此,我还是希望坚持下去。

君特: 后来她搭起了越来越多的人际关系。如今她的水果蔬菜是由一家有机商店提供的,面包则由一位烘焙师供应。那些每晚卖不掉的剩余食品原本会被丢弃,她和她的朋友们则令它们可以物尽其用。

施韦尔默: 为此我们曾帮烘焙师翻修了厨房,有时我们还会帮那家有机商店的花园翻土或者打扫院子。

君特：包括除草、擦窗、照看小孩这些也都是服务，她以交换这些服务的方式来买单。她与人们频繁交往并彼此建立了信任。因此在这期间，“付出”和“给予”的关系对海德玛丽·施韦尔默来说慢慢发生了转变。

施韦尔默：我渐渐变成了那个一直给别人发放东西的人，没错，我总是过得心满意足，感觉生活品质确实有了很大的提高。

君特：她认为这种体会对失业者来说也是值得一试的。通过交换与分享，他们会意识到，即使再没钱，自己在社会中也是有价值的。

施韦尔默：我们社会里有许多穷人，通过交换和分享，他们也可以获得切切实实的成就感，可以自豪地说：“嘿，我是富足的！”这样他们就可以更积极地生活。

君特：目前海德玛丽·施韦尔默住在一个熟人家，白天她会去多特蒙德的活动中心写一些文章，处理办公事务。在那个名为“知识商店”的活动中心里，她可以实践她的理念。

施韦尔默：在那里，我把一些梦想变成了现实。这些梦想甚至在我成立“交换圈”之前就已经长期存在。比如说，我想直接走进一家咖啡店，对别人说：“我可不可以为你们擦窗子来换这几样东西吃？”现在真可以这样做了。我最近花两个小时帮他们打扫庭院，然后换了一顿大约价值八九马克的午餐。我确实随处都在与人交换。

君特：当然她也会有困惑的时候，也会怀疑这种生活方式是否正确，因为身边的人也经常质疑和拒绝她。

施韦尔默：别人对我说“你脑子有病吧！”这类的话，我早就不当回事了，很长时间以来我都对此满不在乎。但总还是会有些时候，我会从心底感到孤独。

君特：海德玛丽·施韦尔默二十多年来一直坚持冥想，并发展出了一套完整的思想体系。她相信人体是有自愈能力的，因此她甚至决定放弃医保。

施韦尔默：我确实花了很长的时间来考虑这件事情，一开始我觉得根本没可能，但确实可以。我就这么去了保险公司，然后——“好吧好吧，您走吧！”（笑声）如果我哪儿摔伤了，虽然我相信自己不会这么倒霉的，但我知道总归还是可以用交换的方式来解决的。通过交换和分享，我的生活一切运转正常。因为我再也不需要靠挣钱来糊口，所以可以把精力用于为别人服务，从而也让自己生活得更好。

君特：“一切让我更加自由的东西，我都愿意接纳；一切束缚我的东西，我都会放手。”海德玛丽·施韦尔默这么说。通过不花钱的生活，她内心获得了更多的解脱和自由。也许这就是“有舍必有得”吧！事实在很大程度上也确实证明了这一点。

施韦尔默：我至少不用浪费时间，在某个橱窗前驻足思索“我该买点什么？”我也不用因此而纠结。如果有人想买一辆汽车，他一定首先会考虑买什么牌子的车，这样那样地左思右想……可是这些我都不需要考虑。总而言之，我的生活就是享受，因为我为我所做的那些事感到快乐。

（以上访谈录经过了编者的缩减）

以上是我的“新生活”的概要，君特在1999年8月采访了我，并将访谈录卖给了不同的电台。那段时间我正处于我的“清扫热”时期。扫地两小时换来一顿午饭，听起来非常不合理。可在那期间我做了很多与我的学历和职业不相称的工作。那是个重要的过渡阶段，用于消除我的傲慢与偏见。这个访谈录被多家电台播放后，越来越多的听众主动联系我，我的试验也在网上被人讨论得热火朝天。期间我和一位网友做了邮件交流，这对我来说非常重要，他就是来自海特尔斯海姆圣书院的鲁迪·埃辛劳普。

与鲁迪的电子邮件交流

亲爱的施韦尔默女士：

我听说了您“不花钱过日子”的试验，有人把您的电子邮件地址给了我。我们生活在一个二十人左右的社区里。我们并没有特别的宗教信仰，至少大部分人没有。但昨天晚上我们在《路加福音》中读到，耶稣没有把罗马银币拿在手中，从而引起了轩然大波。(也许记录了“四福音书”的小亚细亚基督教团体中也有这种说法。)这让我们对于向外寻求一种新生活模式充满期待。感谢那位让我们能在这条同愿同行之路上建立联系的朋友。如果可能的话，请您简短答复一下有没有收到我这封信。

致以衷心的问候！

鲁迪·埃辛劳普(玛利亚·海尔格的叔叔，她在多特蒙德的天主教论坛工作)

我回信道：

早上好，埃辛劳普先生！

将近四年之久我没靠金钱生活。这完全不是因为绝望或者小气，而是我把生活中多余和浪费的那部分缩减掉了。我只拥有真正的必需品，其中包括网络以及昨天我刚得到的一个手机。人们终于又能联系到我了，这种感觉特别美妙！我很有兴趣进一步了解你们的社区。

我目前希望让“供求交换”的理念在各地发展，让它成为一种运动。放眼这世界，我们会发现供求之间并不平衡，否则贫富差距也不会这么大。目前的情况是这样的，尽管到处都有交换和分享的协会和小组，可是它们数量有限，规模也不大。我觉得里面缺少一种真正的精神和应有的格局，也许我们可以一起策划出一种可行的模式。

期待您的回信，向您致以衷心的问候！

海德玛丽·施韦尔默

之后的一些邮件来往……

亲爱的海德玛丽：

我非常赞赏你所做的事。我想，你也许虽然身在多特蒙德，却感觉如同生活在一个孤岛上吧！谢谢你保持着自己的个性和初心。

亲爱的鲁迪：

谢谢！确实是这样，虽然我觉得周围的人都挺支持我的。比如我现在正坐在一群小伙子经营的“知识商店”里，他们不但能包容和接受我，而且还会帮助我。我有办公室的钥匙，如果旁边没人，甚至还可以在此过夜。现在我还拥有了一部手机呢！我可以免费上网，这对我来说简直是个巨大的礼物。当然我也要为他们服务，扫地、咨询、烧饭等。

亲爱的海德玛丽：

德国人现在学得越来越能包容了，这是件好事！可更困难的是对别人宣传你的理念。但这确实是有作用的。所以说，要像等待面团发酵那样，耐心静候！

亲爱的鲁迪：

几天，或者说几周以来，我产生了一个发起“供求交换运动”的想法，也就是让交换与分享渗入生活中的各个领域，而不光是停留在我们的协会中。可以想象，如果我在每家商店里都能选择到底是用钱来付账还是用服务来交换，那该多棒啊！我现在自己就是这样过的。例如，昨天晚上我和一个朋友一起在一家小酒馆吃得非常好。我们并没有付钱，因为我事先就已经用我的服务为这顿饭买了单。如果要把新构想中的细节都罗列出来，那就说来话长了。但我觉得这个想法非常好，我会一直做下去的。

我在二十多年前曾经和我的两个孩子一起住在“艺术之家”里，那时他们还很小。那里有画廊、陶艺坊、摄影工作室、音乐、节日，人与人之间交往密切，那是多么美好的时光啊！

我今天有这样一个想法，去找可以在里面进行一些项目的房子。比如我在雷根斯堡附近曾经为别人看家。那房子里只住着一位女士和她的猫、狗、鱼，此外还有一匹马。她允许我在看家期间邀请客人去住，有一位带着孩子的母亲拜访了我。还有些其他不太富裕的人也来过。他们不需要付钱，只需要带些吃的，然后就可以来度假了。这样的假期是他们以往无论如何都不可能承担得起的。我到现在都可以随时使用那栋房子，因为房主非常豁达，乐于接受新事物。有时我会去那儿，但我再也不会帮人看家了，因为在看家时我太与世隔绝了，并不能真正实现自己的理想。

目前，我又到了新的节点，只是几乎还没遇到什么愿意配合的人。“交换圈”的形式我已经实践过了，但又放弃了。因为对于大多数人来说，交换和分享只是他们日常生活中的调剂而已。于我而言却是一种真正在现有社会制度之外的多元化模式。我的意思并不是让所有人都不要再花钱，而是认为每个人都应该展望新的生活。与之相反，我一直听到人们没完没了地讨论怎样多赚钱，怎样找工作。我领导这个“供求交换中心”已经有四年了，其中两年我们有间房子，可以每天在那里做饭；另外每个月都会有一位女理发师和一位女裁缝来帮忙；我们还在那里打鼓、朗诵、冥想；我作为曾经的心理医师给许多来访者提供咨询。我们每周还有一次网吧聚会。

总体来说，那种生活确实符合我的构想，不过对我来说还不够。我是领头者，其他人只是被动跟随。对我来说最糟糕的是，每当有新鲜事物出现时，所有人马上就会被吸引，他们都太容易转变方向。长期如此，这实在令人灰心丧气，我不想再这样干下去了。

我也接触了其他城市的“交换圈”，他们也有类似的情况。一周前我参加了多特蒙德的一个“交换圈”集会，去看看那里发展得怎么样。有位女士从协会开始成立的时候就加入了，她抱怨说她不得不提早退休，因此收入更少了。为了能多争取一些可怜的退休金，她多方奔走，四处碰壁。可是，有这个时间和精力，她怎么不算算她为房租和保险花了多少钱？或者也可以去找找工作？工作又不会从天上掉下来，我们必须主动出击！有大把事情可以去做！唉，我又发现我不够耐心了。我不得不接受一个事实，那就是这种生活只有我才能过，对其他人来说并不适用。可惜我白有这么多好主意！

“妇女之家”这件事听起来不错。你可以把我的手机号码给他们，我也会说一些西班牙语。谢谢你的“倾听”。

亲爱的海德玛丽：

你把“交换圈”的问题总结得很好。我的优势是可以在一个更大的框架中去观察这整件事。我们自己的“交换圈”叫作“白葡萄酒之乡的时间交易所”，那里也是问题不断。

亲爱的鲁迪：

你能在这个问题上理解我，真是太好了！这个问题的关键在于大多数人都已经可以很好地满足自己的生活需求，所以并不需要通过复杂的交换协会来解决衣食住行。而那些没钱的人真正需要它，可他们又不敢去接纳，因为这会让他们觉得没面子。即使是我自己也经常会遇到这种尴尬局面，觉得自己仿佛在乞讨，尽管很多时候我是成倍地回报了别人，只不过不是用钱，而是用别的方式而已。那句老话“有钱能使鬼推磨”确实不那么容易被颠覆。金钱代表了名誉与地位，改变这种现状是我的远大目标。当然，我必须首先从我自己开始做起。

亲爱的海德玛丽：

我们的友好协会中有人在秘鲁也开始组织“交换圈”活动，但是实践起来异常困难。在阿根廷还好些。你听说过伯纳德·利特尔的《未来的金钱》这本书吗？他的观点对我颇有启发。书中说，我们不应该再幻想用别的方式取代金钱，能做的最多也就是发行辅助货币，这倒是可行的，甚至可以是官方来做。比如在日本就已经有更大规模的试验。我想探讨的不仅是交换本身以及废除金钱的问题，而是关乎一些更高的理念，也就是“爱”。

如果我能关爱别人，自然会关注他们需要什么，能把自己多余的东西让给他们。但一大早就来讨论这个话题实在是太复杂了。

让我感动的首先是我个人在秘鲁的经历。我徒步旅行了几周，没有花钱，每天都是在别人家过夜的。这种经历给我留下了深刻的印象。不过这对如今的人们来说，可能要比十五年前困难得多。（我曾于1970年到1990年在北安登做过天主教教士。）那段经历激励了我——不管看上去多难，也要像这样与人为善地生活下去。

亲爱的鲁迪：

我也亲身感受过南美人的好客。因为我曾在智利待过一年。那时我在一所德国学校里教书。(当时我还是职业教师。)我嫁给了一位智利画家。不过在我看来，希腊人和土耳其人的这种热情好客也是种束缚，迫使别人放弃自我意志。

同吃同住，还要入乡随俗！在小说《阿来克斯·索比亚斯》中，有位妇女被当地居民处以“石刑”砸死，因为她想脱离这种集体生活圈。有一次有位女士向我讲述了有关非洲国家居民的故事。她在那里长期生活过。起先她还一直沉浸在当地人的热情中，直到发生了一次战争。转眼之间，那些可爱的人就变成了暴徒，将她之前的朋友们剁成了肉酱。你明白我想表达什么吧？这意味着对自己负责的同时也要对外界负责。我就说到这儿吧，这个话题也太复杂了。可我必须向你讲述我昨天的经历，这又是我经历的众多奇迹之一。你知道，对我来说，与别人交流分享我的想法是多么重要。可前几年的情况不再那么如我所愿了，很少有人愿意听我的报告、座谈或接受我的咨询。为了维持生活，我不断替人打扫卫生。日复一日地打扫，打扫，还是打扫。一开始，我心怀不满。后来我渐渐安心打扫，不再发牢骚。然后，接下来的一年，一切都改变了，又有人来找我座谈、邀请我演讲之类的。这只是个引子。

昨天我本来打算把我几年前做的一次演讲写下来，以便下一次演讲时能带上。我来到我们在“知识商店”的办公室准备开始写作，可电脑却出了问题。我无法登录，既不能收邮件，也无法写东西，这可怎么办？我仰天长叹！没想到马上问题就迎刃而解了。这时响起了敲门声，一位年轻人站在门口，带着一些社工，希望来拜访“知识商店”。

当他知道我就是那个成立了“供求交换中心”并“不花钱过日子”的女士后，不禁大喜过望！“我们的话题是乌托邦！”他说，“你再合适不过了！你有没有兴趣和我们谈谈你的理念？”我当然有兴趣！接下来我的报告进行得非常成功。那次经历清楚地提醒了我，不需要事先写什么，因为我对不同的听众需要说不同的话，而且恰当的言论也会适时脱口而出。

这些年轻人走了之后，忽然所有的电脑又都恢复正常了。我可以处理邮件了。我又一次确信，我不是孤军奋战，一直有什么神奇的力量在提示和引导我。

亲爱的海德玛丽：

你说被一种力量提示和引导，这令我颇有感触。人们必须敞开自我，才能感受这种力量。

亲爱的鲁迪：

一位治疗师教我随处感受神的提示。我也常能感受到天使与我同行。

亲爱的海德玛丽：

昨天我们在旅途中与人交流得非常愉快，比以往任何的座谈会都好。在城堡里面住着一百位老修女。只要遇见其中任何一位，她都会非常高兴有了听众。她们想在边上建立一个住宅小区。我们可以在那里事先设计一种购物券，用于购买自己生产的本地产品。这将是种多棒的代币啊！

亲爱的鲁迪：

我也一直致力发明一种取代金钱的支付方式，不过冥思苦想的最终结果还得看老天爷的“提示”：如果一件事情进展顺利，那么说明做对了；如果障碍重重，那么就别硬来了。

亲爱的海德玛丽：

3月16号我们圣书院理事会要举办一次会员集会。主要是讨论如何更好地评估我们的志愿者工作。

亲爱的鲁迪：

我在“供求交换中心”刚开始的时候也做了大量志愿工作，花了很多时间处理公务。终于有一天我发现自己心里很不舒服，觉得一切都不公平。后来我刻意让自己的付出与所得保持平衡。如今在我的字典里再也没有“志愿者”这个概念了。

亲爱的海德玛丽：

我们可不可以在推行交换的同时策划一些东西来保障我们的养老？比如说，效仿老年同志会的“时间积分制”是否可行？只不过这种积分可以设计成能转让的，比如我现在把我的积分让给别人使用，以后也可以使用别人给我的积分。

亲爱的鲁迪：

对我来说这有点绕弯路了。如果你真的坚信神的力量，你就自然能得到你需要的东西。对神的信仰就是终极目标。对不起，你本人就是教士，我并不想在此班门弄斧。然而，只有当我确实是活在对神的信仰里，我才可以真的做到“不花钱过日子”。我并不是一个《圣经》迷，但耶稣在那里面曾说过：“我战胜了世界。”不是吗？我想，对我们来说这也意味着我们应该战胜这现实世界中种种不尽人意之处，寻找新的出路。

亲爱的海德玛丽：

昨天一名来自圣书院的十四岁孩子被允许开设自己的储蓄账户。过程是这样的，孩子和家长被请进银行行长的办公室，经过半小时的审查，签名后账户终于开通了。通过此事，大家可以了解到，金钱在全球范围内是如何影响大众的日常生活的。比如说昨天的报纸上，有位T女士建议，劳动局将来应当让那些海特尔斯海姆镇上长期失业的人重新有饭吃，有钱赚；而且还要持续关注他们，让他们能保持工作的状态。市长对此积极回应道：“如果某个周一某人没来，原因是他周日喝醉了酒，那么T女士可以到他家去接他来，送他去工作。”事实就是如此。如果谁今天没有工作，人们便会对他有偏见，认为他不是个懒汉就是个酒鬼。这篇文章里提到有五家公司有兴趣尝试接受这种建议，准备向长期失业者提供岗位。

我们的世界还是很美好的！因为在我们的集体公寓中也有些人同样面临长期失业的问题，所以我希望，这种文章能够帮助他们看清局势，令他们明白拜金主义是如何控制住了我们的生活。

昨天我还去了一所城堡学校，因为我要向人提供一个住宅项目的咨询。可我想推行之前那个主意，就是用发放购物券的形式代替金钱的想法，结果却并不那么乐观。住在那儿的一些有智力障碍的居民应该学会正常使用金钱。而商品的照片可以帮助孩子们学会应对他们的日常生活。我建议大家通过帮助邻居干活来交换食物，但却没什么人响应。

刚刚有位熟人给我写信，说你要上周二的Biolek电视节目。也许我可以从电视里认识一下你本人了。

这位熟人还为“换友”们写了一篇报道，我将其结尾摘抄如下：“如果尚有一线希望能逃离货币经济危险的吞噬，摆脱其巨大影响，那么只有那些自主自立、心理强大的人才可以成功，他们能构建新的价值观并将其付诸行动。可惜目前并没有出现真正可以扭转乾坤的替代方案或构想。然而通过一些理论和实践上的抵制运动，我们可以对貌似坚不可摧的货币体系展开进攻，在实践中抵制日益严重的人类幼稚化而不被洗脑。未来的模式当然并非‘交换圈’这样的组织形式，也不等同于其他尝试性（或应急）的解决方案。”

我虽然赞同上述言论，但认为它还没有完全描述出你的所作所为和探求的目标。当某件事是个体行为，当然无可厚非，但如果它要成为一场集体运动，就需要更多考量——无声的抵制运动胜过抨击。这涉及一种非暴力抵抗，它可以发展为集体行为。目前，单靠个人去推行一些替代方案和构想会是非常有局限性的。但是，如果这些个体希望能成为“酵母”去带动社会大面团的“发酵”，他们就必须被大众当作生活的榜样，作为他们学习过程中可效仿的模范先锋。

对于“交换圈”，只要他们对变革保持开放，我也持同样观点，只要它们对促进变革保持推动作用。亲爱的海德玛丽，我很高兴你又可以给我写信了。现在，我要告诉你更多关于我们在弗莱堡地区进行的一些活动。

亲爱的鲁迪：

我完全赞同你的想法。“交换圈”只是朝着真正发展方向中迈进的一小步，只要相关负责人还在竭力维持我们现行的经济体制，这便不能成为一种政治性的解决方案。我们所有人都必须成熟起来，将自己从旧的制度中解放出来，这样才能够催生新事物，让大家都受益。我的方式只是其中一个例子，证明不走寻常路是可行的。其他人也可以用另外的方式走他们自己的新路。一周以来，我在这里每天都与真正关心政治的人谈论政治。对于我来说非常有趣，而且也让我明白了一些事情。我希望自己在Biolek频道上也能够传播一些其中的观点。另外，我不久之前在一所教会中进行了一场演讲，教士做了最后的陈述发言。他说《圣经》中所记载的奇迹是可以真实发生的，我就是个明证，这令我觉得非常开心。

亲爱的海德玛丽：

看了Biolek的电视节目后，我现在更能理解是什么让你觉得舒心（无拘无束的生活），什么让你不太开心（在多特蒙德整天打扫的日子)。我很能理解你喜欢居无定所的生活。我曾向你提过,拜当地人的热情好客所赐,我在秘鲁也曾这样生活过几年(虽然并不是从头到尾的整年)。受人恩惠的同时我自己也很轻松愉悦,因为我的来访本身就给所有人带来了欢乐。我想,如果我们想重新规划一种不被金钱操控的生活,就应该向这些居民学习。

亲爱的鲁迪:

我们所谈论的确实不仅仅是"不花钱过日子",而是致力削弱金钱的力量,能够将金钱重新再分配,让人们不再认为金钱至上。关于这一点我们可以找机会详谈。

亲爱的海德玛丽:

周末我们和一些来自巴登州普福尔茨海姆地球网的人聚会。在一个"未来工坊"中,我们探讨目前可以着手干些什么。尽管历史上有很多通过军事手段改变社会制度的例子,但我们还是很快达成共识,应该从金钱方面开始着手做一些改变。而且这种改变可以双管齐下:一方面采取一种温和的反抗方式,就像修士会成员为和平而战那样;另一方面尝试一些不同的生活模式,正如目前有些人或团体正在实践的那样。星期一早晨我还去了斯图加特的GLS合作银行。当地主管非常积极,他们下周一就将在弗莱堡举行一场以金钱为主题的学术讨论。显然人们的思想已经发生了转变。我一直还在想着养老金的事,考虑也许可以重建一种以信任为基础的模式,而并非像以前那样以资本利息来运作养老金。不过这方面我还没有取得什么真正的进展。

亲爱的鲁迪：

昨天有人给我打电话，想向我解释一个和养老金有关的提案。你知道，这并不是我所关心的话题，可是也许你们两个能够一起讨论。那人住在爱尔兰根，我感觉他行事果断。当然如果有必要的话，你也可以有所保留。

关于“废除金钱”的话题也并非完全是我的本意。因为即使没有金钱，现在所发生的一切与金钱相关的事情，也不会有任何改变。人们会为争抢有机商店门口免费提供的过期土豆而相互殴打，没人会想到要提供什么服务来回报。所以这并不是我想要看到的，我希望有一个更系统全面的解决方案。在社会分工细致化、专业化的当下，对我来说当务之急是令我们每个人都能明白，我们大家本来都是同宗同源的，每个人都应知道他来到这世上是有使命的。

好吧，我承认，这听起来太理想化了，而且也确实难以全面推行。可正因为如此，我才用这样极端的方式来生活。我的本意就是想展示给大家看，如果有决心和毅力，每个人都可以用自己的方式很快改变那些人为设定的制度。另外，有家出版社现在正在跟我联系，希望能把我的经历出版成书。你曾经提到过的，那本令我印象深刻的伯纳德·利特尔《未来的金钱》也是这家出版社出版的。作者在那本书中也谈到了金钱这把双刃剑的“阴”“阳”两面性。有趣的是我在读到这本书之前就曾经考虑过，把“阴”“阳”符号用于我想倡导的运动的标志中。伯纳德·利特尔也提到了瑞士心理学家荣格的人格系统的原型，作为自然丰饶象征的母系原型在历史上曾一直被贬低；他也提到了造成贪婪的原因是由于人们对物资缺乏的恐惧。非常有趣，不是吗？我非常高兴地看到到处都在同时进展，我也很庆幸自己能够从网上了解到那么多相关信息。

亲爱的海德玛丽：

我现在并不急于回应你的上封信，而是想谈谈我昨天在米尔豪森同别人短暂会面的情形。我们去拜访了让·维果，他是法国Attac运动的负责人，他的工作方式给我留下了深刻的印象。他们采取了更先进、更有意义的抗议方式反对我们的金钱制度所导致的种种不良后果。他们无意试图废除金钱，而是阐明金钱政治对退休养老的影响并提出异议，反对银行将金融课引入学校，反对人类基因的专利问题等。他们将在复活节参加我们的和平市场活动。

亲爱的鲁迪：

G.K.把你们之间的通信发给了我，直觉告诉我，你们之间有些不愉快，或许是我弄错了？有人认为自己发明了可以拯救世界的专利方案，这听起来多可笑啊。

尽管我自己有时候也会犯自作聪明的毛病，但我还是确信，只有大家齐心协力才能让事情顺利进展。我在成为公众人物之后越来越多地了解到，还有许多人也正在尝试开辟新的道路。世界革新的时机已经完全成熟了，我们要共同成为时代的弄潮儿，这样的机遇难道不是一件礼物吗？

第八章　放眼世界

穷人的新货币

罗密欧·雷(布宜诺斯艾利斯)

在阿根廷,交换市场日益繁荣——商品的价值是以"信用点"来计算的。"先下手为强",谁慢了一步,东西就有可能成为别人的囊中之物。走进交易市场,只见那些灵巧的双手在不停地卸货,经手的物品有堆满货物的大箱小箱、手提袋、桌布。由于经济的衰退,位于布宜诺斯艾利斯郊区的布尔萨科市成为"新穷困之城"的代名词。上百人涌入布尔萨科市体育馆的狭窄大门,馆里人声鼎沸。临时搭起的桌子上摆满了商品,除了卖菜的,其他小贩仅有不到一平方米的位置。那些用于维持最贫困家庭生活所需的一切商品,都在这个"交换俱乐部"里展销:全套烘焙用具、自己裁剪的衣服、发黄的书籍、洗涤用品、廉价首饰等。人群中还有人提供剪发服务,你只要往椅子上一坐,剪刀便开始在发丝间上下翻飞。"这儿流通的货币不是通常的比索,我们只接受'信用点'。"莉迪亚·卡罗解释道,她在大厅里轻松自如地维持着现场秩序。每种商品上都挂着一张手写的价格牌，上面标的是替代货币的“信用点”。尽管最小的价值单位是半个“信用点”，也没有硬币来代替更少金额，这种绿色的“信用点纸币”还是像正规通用的比索一样立刻流通起来。这个俱乐部大概有五百名成员。得到当地“阿尔博迪促进会”的许可，每周三下午，体育馆大厅可以供他们使用几小时来做交易，尽管那里始终都还没有装修完。有人会为初来乍到者做个简单的讲解，并告知他们，交换的基本思想是团结一致。

“这里不会有人欺诈别人。如果什么商品太贵了，你直接不要就可以了。卖家就会知道该降价了。”每个进来的人都必须支付一“信用点”的入场费。俱乐部的协调员卡罗则负责收钱，并在墙上公布账目明细。那些帮忙放置桌椅并最后搬走的年轻人可以得到六十“信用点”；清洁工以及在外面看管车辆的人也可以得到一些。“我干这些活儿也可以得到二十‘信用点’。”这位四十多岁身材圆润的女士笑着说。如果照现实物价来换算，一“信用点”大概相当于一比索，就是两马克左右。经过了大约三小时奋力“血拼”后，基本上所有的东西都被一扫而空，只有少量还留在那里。整个交易过程没有人付过一分真币，但许多人都拿着自己的生活必需品满载而归。有些人甚至还攒了一些绿色的“信用点纸币”以便下次使用。如果有会员在这个俱乐部里的“会龄”长达三个月以上，他可额外获得五十“信用点”的奖励。“全球交换协会网”的创办者负责运营这种类似“中心银行”的机构，将代币引入市场进行流通。像布尔萨科的这种无需现钞、自成一套经济体系的“赤贫者超市”在阿根廷远远不止一家。

1995年第一家交换俱乐部在布宜诺斯艾利斯郊区的博纳尔成立了。创建人是一位化学家、一位心理医生及一位博物馆负责人。在阿根廷许多废弃的工业旧址中，他们找到了一家名为“博纳尔萨”的倒闭纺织厂旧址，在此开展这个交换项目。从那时起，这里每周都会举办三次交换集市，总共有高达两千五百多人参与交换。这三位先行者是从一位名叫西尔沃·格塞尔的德国人那里受到启发的。一战结束后，这位金融家曾尝试过不同模式的经济改革。

格塞尔和他的兄弟在阿根廷住了几年，他们为高卓人做出了很大的贡献，因此，这座城市后来就以他们的名字命名为“维拉·格塞尔”。1995年，阿根廷卷入了在墨西哥爆发的“比索金融危机”。根据官方数据，当时的失业人数攀升至总人口的百分之十八，另外有百分之十五的阿根廷人就业不足。

这场巨大的金融危机导致这个国家至今都没有完全恢复元气，尽管随后经济有部分好转的迹象。从1998年的年中起，制造业又重新变得不景气，当时的总统费尔南多·德拉华看起来似乎找不到振兴经济的出路。经济的瘫痪使上百万阿根廷人陷入了困境。这种状况持续得越久，民众中失望及沮丧的负面情绪就蔓延得越厉害。

已经在经济环境中实践了十年的新自由主义粉碎了大量人的中产梦。只有一部分的小资产者能够适应新的社会关系，而绝大部分人都在经济衰退的巨轮碾压下苦苦挣扎。

20世纪70年代中期，富有阶层的收入大概是最底层贫困者的十倍；而现在，五十倍的贫富差距也已经是司空见惯了。根据阿根廷世界银行的统计，目前有一千三百万至三千六百万的居民仍挣扎在贫困线边缘。对于生活在社会底层的至少四千万民众而言，“交换圈”的存在仿佛是无限黑暗的隧道中的一束微光。

因此，近几年类似的俱乐部迅速扩展，遍地开花。如今其总数大概已达四百五十家，共有约三十七万名成员。这些组织不仅分布在大布宜诺斯艾利斯区，也延伸到了大西洋海岸线以及内陆地区。它们都隶属于“环球交换协会网”，并且与其他拉丁国家以及西班牙、加拿大的类似组织有联系。

在这个交换网不断扩展的同时，其组织内部的项目也有所增加。除了实物，如今还有大量的服务参加交换。在目录里有各种各样的职业分类：木匠、管道工、理发师、建筑师、律师等，他们提供的服务也使用“信用点”来支付。

某些地方还可以接受现金及代币混合支付的方式，并且很受欢迎，比如用比索购买实物，用“信用点”来支付服务。自从有些宾馆开始接受“信用点”付款，人们便可以揣着这种绿色代币去旅游了。此外，“博纳尔萨”交换中心还会提供一些职业再教育的培训课，学费当然也可以用“信用点”来支付。

“为了解决大量失业的头疼问题，我们正在尝试这种与以往不同但又能起到补充作用的经济模式。”作为创始人之一的心理学家卡洛斯·德·汤错说道。他的战友化学家赫拉西欧·库瓦斯是一位狂热的环保主义者，他梦想有一天能在旁边的恩特·雷里奥斯地区建立一座生态环保城。他希望任何食品里都不要掺入非有机添加物。另外，交换机构的创建者们目前正在考虑如何加快“信用点”的流通，希望改变积攒太多代币的行为。他们认为，这种纸币流通得越快，大家就能生活得越好。他们希望敦促会员团结一心，避免个人囤积。从2001年1月起，他们计划全力推进一项制度，叫“钱不用就过期”。库瓦斯强调说：“如果规定存着不用的代币每月都将损失百分之一的价值，就可以达到我们促进流通的目的了，那将是个有效的解决方案。”（本文由乌里·布利特纳转载）

Das Sterntalerexperiment: Mein Leben ohne Geld

Simplified Chinese language edition published
in arrangement with Natalia O. Schwermer
through The PaiSha Agency

图字：09-2022-0053 号

图书在版编目（CIP）数据

无钱幸福：海德玛丽的不消费主义人生 /（德）海德玛丽·施韦尔默著；吴珺译 . —上海：上海译文出版社，2023.4
（译文纪实）
ISBN 978-7-5327-9149-1

Ⅰ. ①无… Ⅱ. ①海… ②吴… Ⅲ. ①传记文学－德国－现代 Ⅳ. ① I516.55

中国国家版本馆 CIP 数据核字（2023）第 030026 号

无钱幸福——海德玛丽的不消费主义人生
［德］海德玛丽·施韦尔默　著　吴珺　译
责任编辑 / 刘宇婷　薛倩　装帧设计 / 邵旻　观止堂 _ 未氓

上海译文出版社有限公司出版、发行
网址：www.yiwen.com.cn
201101　上海市闵行区号景路 159 弄 B 座
启东市人民印刷有限公司印刷

开本 890×1240　1/32　印张 7.25　插页 2　字数 119,000
2023 年 4 月第 1 版　2023 年 4 月第 1 次印刷
印数：0,001—8,000 册

ISBN 978-7-5327-9149-1/I·5690
定价：50.00 元